DE VARENNES

PAR

ÉDOUARD BERGOUNIOUX

Auteur de *Charette* et de *Jules*.

———✧———

PARIS.

LIBRAIRIE DE WERDET,

49, RUE DE SEINE-SAINT-GERMAIN.

EDOUARD LEGRAND ET JULES BERGOUNIOUX,
50, quai des Augustins.

———

1835.

MADAME DE VARENNES.

IMPRIMERIE DE Mme DE LACOMBE,
1, FAUBOURG POISSONNIÈRE.

MADAME
DE VARENNES

PAR

ÉDOUARD BERGOUNIOUX

Auteur de *Charette* — de *Jules* — etc., etc.

I

PARIS,

LIBRAIRIE DE WERDET,

ÉDITEUR DES OEUVRES DE M. DE BALZAC,

49, RUE DE SEINE-SAINT-GERMAIN.

1835.

A mon ami Hyppolite Fortoul.

Mon cher Fortoul,

L'un des premiers dans la *Revue Encyclo-pédique* et dans la *Revue des Deux-Mondes*, tu as attaqué la théorie de *l'art vour l'art*; et ne te bornant pas à nier sa légitimité, tu lui as aussi refusé la grandeur et l'élévation, s'il ne s'inspirait de la réalité présente et contemporaine, s'il n'exprimait nos besoins actuels de réforme politique et morale.

« Chaque siècle a son mouvement et son but, as-tu dit; or, si le nôtre marche vers une application extrême des idées libérales; si, réactionnaire contre celui qui l'a précédé, religieux par sentiment et chrétien par ton, il fait profession et parade de spiritualisme; s'il demande à rajeunir et à rationaliser ses institutions civiles, comme il a rajeuni et rationalisé sa foi; l'art, quelque forme qu'il choisisse, qu'il fouille le passé ou qu'il prophétise l'avenir, ne doit-il pas, interprète de cette triple pensée, se montrer démocrate, spiritualiste et réformateur? On discute sur la place publique, on discute au foyer de la famille, on discute dans le temple; poètes, écoutez! et que toutes vos œuvres soient l'écho fidèle de ces clameurs, sous peine d'être deshérités de votre génie et de votre gloire! »

Aussi, dans un article dont il doit t'avoir remercié, as-tu salué d'un cri de joie ces paroles de M. Alfred de Musset :

Depuis quand l'humanité ne marche-t-elle plus au combat comme Tyrtée, son glaive d'une main et sa lyre de l'autre.

Et oubliant qu'il avait aussi écrit :

« Je ne me suis pas fait écrivain politique,

» N'étant pas amoureux de la place publique;

» D'ailleurs il n'entre pas dans mes prétentions

» D'être l'homme du siècle et de ses passions.

. . . .

» Si mon siècle a raison, il ne m'importe guère :

» Tant mieux s'il a raison, et tant pis s'il a tort.

Oubliant, dis-je, cette déclaration — à laquelle on pourrait souhaiter un autre mérite que celui de la clarté, — tu as généreusement placé M. de Musset à la tête des vœux du peuple, dont tu le proclames la sentinelle avancée : position assez belle sans doute pour qu'il se soit résigné à l'accepter, mais qu'il n'avait jamais eu l'ambition de mériter.

Car il faut bien en convenir, nul, plus que M. de Musset, ne fit franchement et étourdiment de *l'art pour l'art*, sans préoccupation qui en dirigeât ou en gênât les fantaisies ; et à part la phrase que tu as citée, à part quelques scènes de *Lorenzo*, qui retracent une des convulsions de la liberté mourant avec les républiques du moyen âge, je ne crois pas qu'on puisse montrer un plus complet oubli de cette pauvre humanité, que tant de philosophes disent malade, pour être appelés à la guérir! Et pourtant tu n'aurais point élevé M. de Musset si haut pour une seule phrase et quelques dialogues en prose, si tu ne l'avais aussi trouvé quelque autre part grand artiste, même sans les conditions que tu imposes à la grandeur de l'art?

Mais pourquoi donc le génie ne serait-il pas libre de choisir la source où il veut puiser? Qui donc aurait le droit de lui tracer la route qu'il doit suivre? De qui donc se-

rait-il condamné à recevoir le mot d'ordre ?
Nous savons bien que les coteries ont la
prétention de le donner ; et que, sentinelles
imaginaires, placées à la porte d'une immor-
talité qui n'existe pas, elles en défendent l'entrée à quiconque ne s'est pas soumis à leur
tyrannie ; mais les coteries passent, et passent vîte, Dieu merci ! Et le génie indépen-
dant, qu'elles ont nié parce qu'il a marché
sans elles ou contre elles, reste debout sur
leurs débris.

Liberté, liberté pour l'art ! c'est la religion
de l'esprit. Un jour il animera les pierres
d'une cathédrale gothique, et nous montrera
ses vitraux qui s'embrâsent aux rayons d'un
soleil couchant. Un autre jour, descendu sur
le champ de bataille, appelant autour de lui

les guerriers qui survivent, il évoquera l'ombre sanglante des guerriers morts généreusement. Là, c'est l'amour sans expérience de Marguerite, avec tous les parfums d'un cœur qui ne s'est point encore ouvert; ici, c'est l'àme ardente du vieux Jacques, qui ne peut s'éteindre dans le désenchantement où son intelligence des passions la plonge impitoyablement. Chez les Grecs, Tyrtée — je suis heureux d'avoir à le nommer — Tyrtée chantera la liberté; mais à Rome, Horace et Virgile, assis dans le palais d'Octave, célébreront toutes les vertus qu'il a prises avec le manteau impérial; moins bons citoyens que Tyrtée sans doute, mais aussi grands poètes assurément. L'art esclave, protégé par un tyran et qui flatte ce tyran, n'aura rien cédé à l'art républicain et qui donne son sang à la république. Cela est triste sans doute, mais cela est vrai. Le génie ne relève que de lui-même et de Dieu.

Dans l'enfance des sociétés, la poésie dût être l'expression complète de ces sociétés : à elle les harangues, la prière, l'hymne de la victoire et des funérailles : ainsi les bardes chez les Écossais, chez les Scandinaves, chez toute la race Celtique, ainsi les prophètes chez les Hébreux ; c'était le poète alors qui criait courage aux combattans, le poète qui les ralliait autour du drapeau, le poète qui apprenait au peuple jusqu'au nom des dieux. Mais quand ces sociétés ont été constituées, quand elles ont eu des prêtres, des rois, des tribuns, des consuls, une chambre des communes et une chambre des lords... Le poète n'a-t-il pas pu se réfugier dans le sanctuaire de l'imagination, et sans renier sa mission première, laisser parler, pour les besoins actuels de l'humanité, d'autres voix que la sienne.

Le dernier siècle fut un siècle de révolution morale et religieuse, l'art en a embrassé les idées avec ferveur. Ne se bornant pas à en présenter un pâle reflet, il en a été le missionnaire : Poèmes, drames, contes, romans, c'est toujours et partout le siècle qui parle et qui pétitionne. Du monde idéal dans lequel il a vécu sous Louis XIV, il est arrivé au monde réel et positif; mais à cette métamorphose, à ce progrès comme instituteur, qu'a-t-il gagné pour lui-même? en vaut-il mieux? car c'est là toute la question, celle de son utilité n'ayant pas été soulevée, et ne pouvant pas l'être, aujourd'hui que l'humanité, grâce à la liberté de la presse, compte tant d'organes qui lui servent d'interprètes. L'art philosophe au dix-huitième siècle, l'art moraliste, l'art publiciste a-t-il effacé les chef-d'œuvres de son aîné, l'art simplement artiste ! Et dans ce dix-huitième siècle lui-même, lorsque sortant de l'encyclopédie, l'art moins contemporain, donnait Zaïre et Mérope, n'oubliait-on pas, aux larmes qu'elles faisaient répandre, et Brutus et Mahomet, ces prédicateurs de la révolution qui s'accomplit ? Mais c'est que jusqu'à ce jour au contraire, mon ami, on avait reproché au dix-huitième siècle, comme poète, ses préoccupations étrangères à la poésie : préoccupations qui firent, qu'avec des facultés plus puissantes, on le vit descendre des hauteurs de Corneille et de Racine.

Marie-Joseph Chenier! voilà un homme qui a fait de l'art pour l'humanité, pour la liberté, pour la réforme! Mais à côté de lui, rejeton de la même souche, vois André, son frère, caché au fond d'une douce retraite, oubliant la société qui mugit autour de lui, écrivant ses vers avec son cœur, et faisant de l'art pour l'art!... Lequel des deux mourra le premier dans la mémoire des hommes?

Sans doute plus de vogue est destinée à l'art qui reproduit les passions contemporaines ; mais son œuvre durera ce que durent ces passions elles-mêmes. Chaque couche d'hommes emportant avec elle son cachet particulier, lorsque l'art n'a point embrassé dans son ensemble les choses grandes et belles de tous les temps et de tous les lieux, quelle que soit sa supériorité intrinsèque, pour avoir voulu être trop actuel, il périt à cause de cette actualité même.

D'ailleurs le génie n'a pu être donné à tous pour le même but.

Que Béranger soit poète et grand poète par le peuple et pour le peuple — c'est bien ! mais à côté de lui, et son égal sans doute, marche Lamartine, dont la muse, toute chrétienne, n'a pas répété un seul des cris de la place publique ; et debout auprès de Lamartine, nouveau Pygmalion, Hugo chantre de la matière divinisée, devra sa belle renommée à l'oubli complet de l'humanité. Le premier fera bouillonner toutes les colères du citoyen, et le conduira héroïquement fanatique au milieu des barricades qu'il doit teindre de son sang; le second, nature plus rêveuse, plus tendre, plus religieuse, entraînera, l'imagination sous de mélancoliques ombrages, ou dans la nef à demi éclairée par la lumière douteuse d'un jour qui s'éteint; — et le troisième nous peindra la bouche écumante, les mains noircies, la carmagnole déchirée du peuple, qu'une autre voix a jeté dans les hasards du combat; le troisième, illuminera les murs du temple que nous a ouvert une inspiration plus intime que la sienne, et fera tressaillir et pleurer ses colonnes avant lui éternellement immobiles.

Mais que veux-tu? une théorie, quelque générale qu'on la suppose, ne peut jamais tout embrasser. Il n'est permis à personne d'avoir raison d'une manière absolue.

C'est ainsi que l'an dernier M. Nisard, en lançant contre *la littérature facile* un manifeste d'une remarquable énergie, nuisit par l'étendue de son attaque, à l'effet qu'il en attendait.

Il voulut tout frapper et tout détruire à la fois. Se plaçant en travers du flot qui poussait chaque jour tant d'œuvres nouvelles sur la plage encombrée de la publicité, il prétendit l'empêcher de passer; et, comme Dieu, il lui dit :

Tu n'iras pas plus loin !

Confondant tous les noms, tous les talens, intrépide douanier au profit des gloires histo-riques du passé, il repoussa de la même main Hugo et Paul de Kock, G. Sand et M. Vien-net, Balzac et Dinocourt, etc., etc., etc..... Mais aussi, n'ayant rien distingué, il réunit tout contre lui comme il avait tout réuni dans sa proscription, et nul ne voulut reconnaître ce qu'il y avait de louable et de sincère dans son manifeste : ce manifeste n'eut l'air que d'une introduction à la mise en vente de ses deux volumes sur les poètes latins. Ce fut de l'éloquence et du style inutilement dépensés. —On prouve mal une vérité en l'exagérant.

A chacun sa mission, comme à chacun

son œuvre. — L'un aura raison contre M. Nisard avec *la littérature facile*, et contre toi avec *l'art pour l'art*; l'autre avec M. Nisard, littérateur *difficile*, et avec toi, artiste au service de l'humanité.

Puisse Madame de Varennes, œuvre de *littérature facile*, œuvre *d'art pour l'art*, n'avoir tort que contre M. Nisard et contre toi !

E. B.

Paris, ce 25 Mai 1835.

MADAME DE VARENNES.

Une Évasion.

(Corridor qui conduit à un cachot.)

SCÈNE PREMIÈRE.

J. BERNARD, BERTRAND, *concierge.*

BERTRAND. Je ne sais quel remords me prend, Monsieur; mais je ferais peut-être bien de revenir sur la parole que je vous ai donnée.

J. BERNARD. Vous êtes fou, Monsieur Ber-

trand ! Cent mille francs ! ça ne se rencontre
pas tous les jours..... et puis, songez donc que
Manuel n'est pas un criminel ordinaire,.... un
lâche assassin.....

BERTRAND. Sans doute.,.... on dit que Monsieur
votre ami a été forcé par des circonstances.....
qui.....

J. BERNARD. C'est l'amour qui l'a perdu !

BERTRAND. Il a bien perdu Troie ! (à *J.
Bernard qui le regarde avec étonnement.*) J'ai fait
mes humanités, Monsieur !

J. BERNARD. On le voit bien, Monsieur Bertrand. — Voici le fait : Madame de Belcourt
avait pour Manuel les bontés les plus.....

BERTRAND. Toutes les femmes sont bonnes,
Monsieur !

J. BERNARD. C'est vrai..... Or, il se trouva
qu'une Madame de Varennes, que vous ne con-
naissez pas, écrivit à M. de Belcourt pour lui
apprendre qu'il était... .

BERTRAND. Elle écrivit cela, Monsieur !

J. BERNARD. J'ai vu la lettre..... Alors vous
pensez bien, Monsieur Bertrand, que M. de
Belcourt se fâcha..... Mettez-vous à sa place,
Monsieur Bertrand.....

BERTRAND. Oui, oui, Monsieur, je comprends!

J. Bernard. Armé d'une épée, il courut à l'hôtel de Manuel. Il entre sans se faire annoncer ; on ne l'attendait pas..... la porte était à peine fermée..... il se précipite sur sa femme pour la tuer..... mais Manuel qui l'a vu, saisit un pistolet et l'étend raide mort à ses pieds..... Un grand bruit se fait entendre dans la maison... on monte l'escalier , on court, on crie... Madame de Belcourt se jette aux genoux de Manuel, elle lui demande la mort comme une grâce... il hésite... mais elle est suppliante..... mais on envahit l'appartement..... sa tête se perd, il la frappe avec l'épée du comte... et elle tombe!...mais lui, au moment où cette même épée va le réunir à ces deux cadavres, il est saisi et enchaîné.....

Bertrand. Pauvre jeune homme !

J. Bernard. Vous voyez bien que Madame de Varennes est seule coupable.

Bertrand. Vous avez les cent mille francs ?

J. Bernard. En billets de banque, dans mon portefeuille..... les voici.

Bertrand. Tout est bien préparé pour notre fuite ?

J. Bernard. Aucun danger à courir.

BERTRAND. Allons, la pitié l'emporte.....
sauvons-le.

(Il va ouvrir la porte du cachot de Manuel.)

SCÈNE II.

MANUEL, BERTRAND, *et derrière lui* J.
BERNARD, *enveloppé d'un manteau.*

(Bertrand touche l'épaule de Manuel, et lui présente une
lettre : Manuel la parcourt avec indifférence, et la rend à
Bertrand.)

BERTRAND. Vous avez perdu la tête, je crois.

MANUEL, *avec un sourire amer.* Aujourd'hui ou
demain, qu'importe !

BERTRAND. Mais vous n'avez pas lu..... Lisez,
lisez avec plus d'attention, la chose en vaut la
peine.

MANUEL, *lisant.* « Le geolier est acheté et
» payé cent mille francs. Tout est préparé pour
» votre fuite, à laquelle rien ne s'opposera. »
                                        EDOUARD ROBERT.

BERTRAND. Voilà qui est clair, ce me semble.

MANUEL. Est-ce que tu tiens à ces cent mille
francs ?

BERTRAND. Est-ce que vous ne tenez pas à ce
qu'ils payent ?

MANUEL. Oui et non, cela dépend.

BERTRAND, De quoi cela dépend-il ?...

MANUEL. Saurais-tu me dire si madame de Varennes est morte?

BERTRAND. Cette dame qui a écrit la lettre au mari que vous avez.....

MANUEL *l'interrompant avec force.* Oui, cette dame là.....

BERTRAND. Elle vit toujours, monsieur. Mais on dit qu'elle a quitté Paris et la France.

MANUEL. Les cent mille francs sont à toi, j'accepte le marché.

BERTRAND. C'est bien à vous. (*A part*) Est-ce que.... Mais cela ne me regarde pas.... (*Haut*) Monsieur, vous êtes libre.

MANUEL, *debout, en face de Bertrand, qui cache J. Bernard.* Eh bien, partons.

BERTRAND, *laissant voir J. Bernard.* Un instant... il faut d'abord que Monsieur prenne votre place et vous donne son manteau.

MANUEL. Monsieur... quel est... Jules.... je ne consentirai pas.

J. BERNARD. Que tu consentes ou non, il faut que cela soit.

MANUEL. C'est une lâcheté que je...

J. BERNARD. Pas un mot de plus. Tu m'as sauvé cinq ans de prison en payant mes dettes, je puis bien m'enfermer trois mois pour sauver ta tête.

MANUEL. Tu tenais plus à la liberté...

J. BERNARD. Que tu ne tiens à la vie... c'est possible.... Mais pour le repos de ma conscience, pour moi, si ce n'est pour toi, il faut que tu vives.

BERTRAND. Monsieur, d'ailleurs, sera traité avec beaucoup d'égards. Les prisonniers comme lui sont toujours recommandés.

J. BERNARD, *prenant la place de Manuel.* Allons, adieu, Manuel, adieu... Ne me remercie pas.. Les chevaux sont retenus à tous les relais jusqu'à la frontière; tu voyages sous le nom et avec le passeport d'Edouard Robert. Dans trois mois, je serai peut-être avec toi en Italie.

MANUEL. Jules, je crois qu'il eût mieux valu me laisser mourir.

J. BERNARD. Nous parlerons de cela une autre fois... en Italie !

BERTRAND , *à Manuel.* Parbleu ! monsieur, vous êtes bien le premier qui, ayant vu la mort de si près, lui faites la révérence de si mauvaise grâce.

(Manuel va serrer la main de Jules Bernard, et sort avec Bertrand.)

J. Bernard. Je m'en vais essayer de dormir... c'est ce qu'on peut faire de mieux en prison.

I,

Les relais avaient été bien préparés ; la voiture qui emportait Manuel et son geolier gagna la frontière d'Italie sans obstacle.

Lorsqu'elle l'eut dépassée, Manuel ordonna au postillon d'arrêter, et montrant à son compagnon de voyage un petit village qui groupait ses maisons au pied d'une colline, il lui fit signe que le moment de la séparation était arrivé ; et ils se

séparèrent. Entre eux pas un mot d'échangé :
tout s'était passé en pantomime.

Si d'abord Mànuel avait hésité devant le salut
qui lui était offert, avec l'espoir de punir Madame de Varennes, il se sentait aujourd'hui assez
fort pour porter la vie, quelque misérable qu'elle
fût.

Maintenant qu'il était libre, il eut pourtant une
fois la fantaisie de se tuer à son loisir, de mourir
de sa main, à son heure, comme il serait mort avec
Madame de Belcourt, si on lui en avait laissé
le temps. Il avait même commencé pour Jules
Bernard, cette lettre qui ne lui fut jamais envoyée.

« Quand je regarde au dedans de moi, et au-
» tour de moi, mes yeux ne rencontrent que ma-
» lédiction, et je suis presque décidé ce soir à
» chercher dans la mort ce que la vie ne peut
» plus me donner..... Mais la mort est-elle au-
» jourd'hui un asile de paix ? Le doute ne nous
» poursuit-il pas au-delà des portes du tombeau?

» Si j'étais un peu moins lâche..... mais je te
» jure qu'il faut beaucoup de courage, pour ap-
» procher de son front le canon d'un pistolet
» chargé, sentir le fer glacé sur son front, placer

» le doigt sur la détente ; et les yeux ouverts, avec
» un beau ciel en face, appuyer froidement le
» doigt, et se dire : feu !

» Je me demande quelle sensation d'horreur
» doit présider au dernier battement du cœur ?
» Hésite-t-on quelques instans ? se dit-on : puis-
» je encore vivre cette demi-heure ? Et quand la
» demi-heure est expirée, ne trouve-t-on pas que
» le temps a coulé trop vite ?

« L'arme est là sur la table où j'écris, à mes
» ordres : elle m'attend. Je peux rire, pleurer,
» m'attendrir, blasphêmer devant elle. Elle
» reste impassible. Eh bien cette arme, vois ce
» qu'elle peut ! Quand elle aura fait son coup,
» moi et elle nous serons au même degré dans
» l'échelle des êtres, et c'est elle qui m'aura
» descendu au sien.

« Ne lui croirait-on pas une intelligence à
» cette arme qui n'a d'autre destination que celle
» de tuer ? Un peu de poudre et une balle de deux
» lignes de diamètre suffisent pour protester
» contre la création. C'est prendre à rebours
» l'œuvre de Dieu. Il y a de quoi se glorifier !
» Détruire c'est quelque chose, vois-tu ?

« Oui je voudrais que cette arme pût me com-
» prendre ; je lui parlerais, je lui dirais :

« Que lui dirais-je? O pas de paroles légères,
» pas de dérision, pas de sarcasmes. On peut
» bien maudire la vie en la quittant. Mais il serait
» indigne de la railler.

« La balle pénétrera.... »

Mais il n'acheva pas cette lettre; et croyant qu'il
avait des comptes à régler avec la société, il
s'imposa le devoir de vivre pour se montrer
créancier impitoyable.

Il essaya d'anéantir la mémoire de son passé,
comme si, abandonnant le vieil homme à la paille
du cachot, il lui était possible de recommencer
une individualité nouvelle. Il devait mourir avec
Louise de Belcourt, mais puisqu'il lui avait sur-
vécu, il voulut étouffer tout ce qui restait dans
son âme de facultés pour aimer.

Il était sauvé, il pouvait errer sans crainte dans
tous les pays qui n'étaient pas la France; il était
riche, très-riche! Il avait les dehors brillans qui
captivent et séduisent; à présent qu'il n'aurait
plus cette idée fixe d'un amour dans lequel il
avait vécu tout entier, il allait devenir un des
enfans gâtés du *monde* superficiel.—Allons, plus
de front soucieux, plus de lèvres contractées,
de paroles sérieuses, profondes! Rien de senti,

rien de pleuré, rien du cœur... Mais de la joie,
de l'esprit, de la folie, du plaisir, que Werther
s'improvise Lovelace ou don Juan !

Il flétrit ou brisa les antiques objets de son
culte et de ses hommages ; il abdiqua toutes
ses croyances, toutes ses religions, et, comme
Brutus après la bataille de Philippes, il s'écria :
—Vertu, tu n'es qu'un nom.

Il se composa une physionomie, il se composa
un langage, et quand il eut fait son homme, il
se présenta.

Il était en Italie, il ramassa bravement toutes
les conquêtes qui se trouvèrent sur son chemin ;
mais il n'eut l'honneur ni d'un scandale, ni d'une
douleur à offrir aux mânes du vieux Manuel. Les
femmes prirent le soin de s'afficher d'elles-mêmes et de le devancer dans ses projets de rupture,
quelque rapides qu'ils eussent été conçus. C'était
à en sécher de colère. Il désespéra de l'Italie,
où il avait en vain cherché madame de Varennes,
et passa en Suisse.

A force de s'imposer l'oubli de sa vie passée,
Manuel ne s'en souvint bientôt plus. Il changea
de cœur et de sentimens, comme il avait changé
de physionomie et de langage. Tout ce qui l'avait
exalté autrefois le trouvait aujourd'hui insensible

et froid. Les préjugés de la société, ses caprices, ses bizarreries, ses injustices ne lui arrachaient plus un seul cri d'indignation. Il souriait à tout, et aucun trait, quelque perçant qu'il fût, ne pénétrait à travers la cuirasse qu'il avait placée sur sa poitrine.

Dans les bras de toutes les femmes qui s'étaient données à lui pendant son séjour en Italie, il avait, en quelque sorte, matérialisé son âme. Pour lui, vaincu de la société, un seul but : jouir et abuser de la société sans que ses lois pussent l'atteindre. Mais hélas! il avait joui et abusé sans que la société eût poussé une plainte. Celle qu'il avait fréquentée était invulnérable, du moins par le côté qu'il attaquait.

Au milieu de cette belle et fière nature de la Suisse, encore toute primitive et indomptée, il faillit un instant ranimer la poussière de son cœur. Au bord des cascades, sur le sommet des montagnes, il eut souvent à lutter contre l'image de madame de Belcourt... Mais alors il se prenait à courir jusqu'à ce qu'il en perdît haleine, jusqu'à ce qu'il en tombât à terre épuisé de fatigue; et après, quand il revenait à lui, comme s'il fût sorti d'un songe, ses idées suivaient un autre cours, ou plutôt il se trouvait assez fort

pour les accabler sous des sensations irraison-
nées.

Et puis Louise était morte. Morte! Et à la
honte du cœur humain, il faut bien qu'on l'a-
voue, nous regrettons moins notre maîtresse séparée de nous par la mort, que par la volonté
des hommes. Morte, elle n'appartient qu'à la
terre. Mais vivante encore, mais toujours jeune,
mais toujours belle, mais toujours telle enfin
que nous l'adorions il y a quelques mois, lorsque cette beauté, cette jeunesse, étaient à nous
sans partage...Et songer qu'à l'heure qu'il est un
autre peut,à notre place!.. O ne vaut-il pas mieux
cent fois la savoir morte? Morte pour nous il est
vrai, mais morte aussi pour le monde. O de toutes
les séparations entre deux âmes qui s'entendaient,
voilà bien la plus naturelle, celle dont on se con-
solera le plus facilement

II.

Manuel choisit pour l'habiter la petite ville de Sarnen.

J'ai oublié de dire qu'il avait changé de nom, ou plutôt qu'il en avait pris un ; car n'en ayant jamais eu d'autre que celui de Manuel qui n'est pas généalogique, il voulait en porter un qui fut de mise dans le monde qu'il devait fréquenter : il se fit appeler le comte de Neismen.

Manuel fit son entrée par la plus magnifique rue de Sarnen : il était traîné dans une calèche à quatre chevaux, et suivi d'une voiture de valets ; il se posait en prince.

Il occupa la plus belle maison de Sarnen et la paya deux fois le prix qu'on lui en avait demandé.

Le même soir toute la ville savait que le comte de Neismen venait d'augmenter le nombre de ses plus illustres habitans.

Il servit de thème à toutes les conversations; les femmes l'admiraient déjà sans l'avoir vu.

Les jeunes gens vinrent au-devant de lui. Il les reçut avec une grâce qui les charma : et par ses paroles il se les soumit moralement, comme ses chevaux, sa voiture, ses laquais, les avaient déjà attachés à sa fortune.

Il y avait à Sarnen un baron de Forlano qui *recevait* tout ce que la ville possédait d'hommes et de femmes *distingués*. Société morale et puritaine où l'on ne comptait pas une femme dont la réputation eut été seulement soupçonnée, où la vertu régnait sans conditions, despotique et souveraine. Là, au moins Manuel était sûr de n'être pas un Don Juan pour rire.

On appela le comte de Neismen à ces réunions.

Il se promit deux fois avant de se donner; puis la troisième, il vint tard, très-tard, le dernier— pour être remarqué, pour ne pas perdre un seul des regards qui lui étaient dus.

Mais il y avait au milieu du cercle où il était introduit, une figure de connaissance sur laquelle il n'avait pas compté. Il frissonna de la tête aux pieds en la rencontrant dans son regard rapide qui avait tout vu. Heureusement ses émotions étaient trop bien habituées à subir la puissance de sa volonté, pour qu'elles la maîtrisassent en cette circonstance, et il se remit aussi vite, qu'il avait été atteint.

Il eut tout son son esprit, toute son élégance de ton et de manières, toute son éloquence. Les hommes se pressèrent autour de lui, et il leur parla politique, morale, littérature, sciences, arts, plaisirs, sans prétention, sans s'écouter, mais avec chaleur, avec entrainement, avec l'abandon du génie qui s'ignore et se laisse aller au hasard de ses bonnes fortunes.

Auprès des femmes, il se montra esprit léger, esprit romanesque, esprit critique, esprit passionné, mais toujours esprit supérieur. Il eut les honneurs de la soirée, honneurs sans partage, et que personne d'ailleurs ne pouvait songer à lui disputer.

A le voir ainsi maître de lui, passer d'un discours grave à une conversation futile, des plus hautes régions de la science descendre à la fine causerie du monde, de tribun se faire fashionable, il fallait bien croire que cette âme si facile à toutes les formes, à toutes les impressions, était parfaitement libre de soins et d'inquiétude ; que fils bien aimé de la fortune, il obéissait à son heureuse étoile qui lui avait donné avec cent mille livres de rentes, les talens les plus remarquables, et un cœur sans chagrins et sans ennuis.

Mais il n'en était rien pourtant. Toute sa vie passée venait tout à coup de sortir du tombeau où il l'avait emprisonnée : et pendant que son front était calme, que ses paroles annonçaient la paix intérieure, que ses yeux et sa bouche souriaient avec bienveillance, une colère concentrée lui brûlait le sang, et si la soirée eut duré quelques heures de plus, il serait mort peut-être, sous le martyre prolongé de cette dissimulation qui l'étranglait.

Au premier coup d'œil il avait été près d'éclater ; et s'il ne se fut contenu, sa voix aurait crié anathème contre madame de Varennes, et il se serait nommè pour la nommer , il se serait perdu pour la perdre. Mais il comprit qu'il avait une autre vengeance à obtenir : ce n'était point assez de la perdre, il fallait la tuer à la fois dans son orgueil et dans son cœur.

III.

De tous ses amis d'autrefois, Manuel n'avait conservé que Jules Bernard; il lui écrivait souvent. C'était avec lui—mais avec lui seulement— qu'il revenait sur ses jeunes illusions, avec lui qu'il avait encore des larmes, avec lui qu'il était encore vrai, sincère, aimant, affectueux ! mais du moment que la lettre était fermée, que l'adresse était mise, le vieux Manuel s'effaçait ; et comme s'il avait aussi scellé son âme dans ces deux feuilles de papier qui en emportaient les plus récentes impressions, il se refaisait l'homme de sa volonté, l'esclave de ses projets, l'ennemi impassible et froid de l'humanité.

Ainsi on eut dit qu'il y avait en lui, deux imaginations, deux individualités, deux hommes, mais qui n'existaient jamais ensemble, qui se succédaient avec leurs différences extrêmes. Le premier qui était un souvenir, une apparition, une ombre, quelque chose de fantastique, s'éveillait par intervalles, plein de charmes, de pureté et d'amour; mais pour être bientôt repoussé avec dédain et colère par le second devenu l'être de réalité.

Lorsqu'il fut rentré, Manuel congédia ses gens, et s'enferma seul dans son cabinet. Tous les liens sous lesquels sa colère avait plié, furent rompus à la fois. Il se jeta auprès de son bureau, passa violemment la main sur son front d'où semblaient jaillir des étincelles, et d'une plume qui courait sous ses doigts tremblans, il écrivit à Jules Bernard:

«Enfin je l'ai trouvée cette femme de malheur... O si je l'avais vue terrassée à mes pieds, les cheveux épars, les yeux en pleurs, me demander merci d'une voix suppliante; si ses deux enfans, ses deux jeunes filles, qui sont si jolies et si joueuses, avaient joint leurs petites mains pour implorer la grâce de leur mère...Eh! bien, Jules, j'aurais été sans pitié, j'aurais frappé avec volupté cette femme de mon poignard... Et pourtant c'est à elle que j'ai souri ce soir, à elle que j'ai parlé avec politesse, à elle que j'ai dit doucement : —Vous ici, Madame!

» O je suis content de moi : j'ai fait aujourd'hui mon chef-d'œuvre ; à présent je dois tout entreprendre tête levée. Qu'aurais-je à demander à mon cœur et à mes sens qu'ils puissent maintenant me refuser. Après un tel coup de maître on est illustre en dissimulation.

» Demain elle aura ma visite. Oui demain...Ou bien je serais mort, et Dieu qui est juste ne permettra pas que je meure... demain je la verrai... de bonne heure... dès que je pourrai me présenter chez elle... elle me recevra... il faudra bien qu'elle me reçoive... et alors !... ô rassure-toi, il ne s'agit pas de sang ; tuer son ennemi, ce n'est point s'en venger! j'ai quelque chose de mieux dans la tête. A un drame si bien commencé, il faut un autre dénouement.

» Voici donc ce que j'ai arrêté : Jules écoute-

moi... madame de Varennes a intérêt à mon silence comme moi je suis intéressé au sien...
nous ferons donc un traité d'alliance, et d'ennemis que nous devions être, nous serons amis, par
nécessité... du moins je me présenterai comme
tel, et elle me croira, je sais être sincère, elle me
croira. Ensuite pour elle tous mes égards, pour
elle tout le luxe de ma fortune... je deviens son
esclave, mais son esclave discret qui ne peut la
compromettre, et je la force à m'aimer... Eh
bien! quand elle m'aura aimé, quand elle sera
à moi, quand je n'aurai plus qu'à dire:—viens
dans mes bras—pour qu'elle y tombe!.. son mari
sera là, je l'aurai prévenu! et il la trouvera comme
Monsieur de Belcourt trouva Louise, toute palpi-
tante des caresses de Manuel! et elle ne mourra
pas, M. de Varennes n'est pas homme à se faire
justice lui-même; mais elle sera deshonorée,
mais ses enfans seront deshonoré! et quand
elle me demandera compte de ma trahison, je
lui présenterai le corps sanglant de Louise de
Belcourt!.. Jules, cela vaut-il mieux que de la
tuer?

»En vérité, maintenant je me sens beaucoup
mieux, je me trouve plus léger, et sans l'habitude que j'en ai prise, je n'aurais pas recours

à l'opium, pour dormir en attendant l'heure de ma première visite.

Adieu donc Jules, et Dieu veuille que tu n'aies jamais aucun compte à régler avec tes passions!

IV.

Madame de Varennes avait été une des femmes les plus brillantes du faubourg Saint-Germain. Il n'était pas de salons mieux composés que le sien. Il fallait pour en franchir la porte, sévèrement gardée, l'une des deux illustrations de la naissance ou du talent. Les hommes y étaient donc de premier choix, et l'on y rencontrait cette élégante aristocratie de femmes dont les pieds

n'ont jamais foulé le pavé des rues ou la poudre
roturière des jardins publics.

Dominant son mari par le droit impérissable
des esprits supérieurs, parfaitement libre, sans
surveillance, recevant les hommages de vingt
jeunes gens dont elle était entourée, madame
de Varennes pouvait les tenir tous prosternés à
ses pieds, sans même leur permettre d'en baiser
la poussière. On ne lui connaissait pas d'amant ;
mais elle répandait tant de charme dans son intimité, elle savait si bien et si à propos distribuer
le blâme et l'éloge, son *estime* était d'un si grand
prix, qu'ils restaient tous, sans en pouvoir sortir,
dans le cercle magique qu'elle avait tracé autour
d'elle. D'ailleurs, tous également bien reçus, ils
vivaient en paix et sans rivalité auprès de madame de Varennes. Le titre de son ami, qu'elle
prodiguait à dessein, n'avait donné à aucun le
droit d'exclusion pour les autres. C'était une
reine au milieu de sa cour, et qui n'avait pas de
favori.

Mais lorsque Manuel parut, cette égalité cessa.
Sans le vouloir il les déplaça tous. Madame de
Varennes ne se plaignit plus de *la négligence* de
ses amis, et souvent sa porte leur fut refusée,
lorsque seule avec Manuel, elle jouissait de l'un

de ces longs entretiens qu'avec eux elle avait toujours laissé interrompre. Mais il fallait, pour séduire la tête romanesque de Manuel, une créature
plus poétique et moins appréciable à toutes les
intelligences.

Madame de Varennes avait alors dans son intimité une jeune femme, mariée depuis deux ans
à un quinquagénaire qui comptait le triple de son
âge, espèce de Diana-Vernon, bien étourdie et
bien folle, qui montait à cheval, chassait les
grandes chasses, au billard tenait tête au plus
habile, et dont le cœur ne s'était pas encore révélé. Ce fut à ce cœur vierge que Manuel s'a-
dressa, et il le gagna.

Le bonheur des deux amans échappa au
monde, qui les oublia dans le bulletin de ses
scandales; mais madame de Varennes avait tout
deviné dès le second jour de l'aveu.

A la tournure incisive, à l'expression mordante de ses paroles, Manuel put se convaincre
qu'il s'était trahi : mais elle jouit de son anxiété,
sans jamais entrer avec lui dans une franche explication ; et là , où quelques bonnes âmes ne
voyaient que protection et amitié, il reconnaissait
l'amertume et presque la haine d'un cœur qu'on
avait dédaigné.

Mais la guerre devait sans doute ainsi toujours continuer à coups d'épingle, si Dieu, ou plutôt Monsieur de Belcourt n'en avait ordonné autrement.

Un soir, tombé par je ne sais trop quelle fatalité au milieu d'un cercle de jeunes femmes qui vantaient la vertu de madame de Varennes, le comte de Belcourt s'avisa de dire que Manuel, malgré les plus tendres encouragemens, avait dédaigné de la mettre à l'épreuve.

A ce propos brutal, on se récria charitablement, on répondit au comte de Belcourt que c'était une indigne calomnie. on le traita d'homme dangereux, on l'accabla. — Mais lui, jura que le fait était vrai, et qu'il en fournirait la preuve, si jamais on l'y forçait.

Et là-dessus, il sortit tout rouge d'émotion, content de l'audace avec laquelle il avait soutenu un mensonge contre madame de Varennes, qui ne voulant *rien dire* de Madame de Belcourt, avait fait de son mari, qui ne l'ignorait pas, un très-ridicule personnage pour tous et pour elle un très sot ennemi.

Comme il descendait l'escalier, madame de Varennes qui le montait, passa à côté de lui. — Il ne la salua point. Madame de Varennes crut à une impolitesse calculée. Elle entra vivement piquée au salon, où sa présence fit expirer dix phrases malignes, dont absente, elle était l'objet:

—Que se passe-t-il donc dans la tête de M. de Belcourt? dit-elle avec une dépit mal dissimulé. — Nous venons de nous trouver en face l'un de l'autre et il ne m'a pas reconnue.

—Vraiment! répondit, Madame de Senneville, l'une de ses intimes ennemies,—il y a donc guerre à mort entre vous deux, — car il disait...

Et Madame de Senneville s'arrêta...

—Que vous disait-il! demanda en riant madame de Varennes.

—N'interroge pas..! murmura à son oreille, Madame de Pellevié, son amie.

—D'ailleurs c'est une plaisanterie... Comme toute la personne de M. de Belcourt..., reprit Madame de Senneville... autrement...

Elle s'arrêta une seconde fois.

—De quoi s'agit-il? demanda alors avec impatience Madame de Varennes.

—Vous vous facherez contre lui?

—A quoi bon? on peut tout entendre de M. de Belcourt, même l'éloge de M. Manuel.

—O voilà qui est méchant, madame!

—Eh bien? fit Madame de Varennes.

—C'est justement de M. Manuel qu'il parlait...
reprit madame de Senneville, d'une voix douce
et caressante, il prétendait... Ah ! c'est affreux...
Aussi nous lui avons répondu avec.... Il prétendait.... Il n'y a au monde que M. de Belcourt
pour dire de ces choses là... Oui, madame, il a
osé soutenir que M. Manuel a refusé le joug bien
doux que vous eussiez été assez bonne pour lui
laisser porter....

Madame de Varennes sourit avec sa grace
accoutumée à celle qui la frappait si cruellement... Elle ne manifesta ni colère, ni étonnement, tous ses traits conservèrent l'empreinte
d'une parfaite indifférence, mais le soir lorsqu'elle fut rentrée chez elle, cédant à un emportement irrésistible et sans en calculer la portée,
elle écrivit ce billet au comte de Belcourt :

Monsieur

Vous êtes peu clairvoyant; si vous vous
donniez la peine de regarder plus près de vous,
vous connaîtriez mieux les distractions de
M. Manuel.

AMÉLIE DE VARENNES.

Ce fut le lendemain matin vers les neuf heures

que cette lettre fut remise à M. de Belcourt, il la lut trois fois sans la comprendre. — Mais à la quatrième il se leva furieux et fit appeler Madame de Belcourt. —

— Madame n'est pas à l'hôtel ! lui répondit-on.

— Depuis quelle heure ?

— Depuis sept heures, Monsieur le comte.

— Absente depuis sept heures... Ah ! malheureux et je dormais... Elle est chez lui !

Et à peine vêtu, mais armé d'une épée, il courut comme un insensé à travers les rues, jusqu'à l'hôtel de Manuel, où il trouva la mort qu'il venait donner.

V.

Monsieur de Varennes n'avait jamais vu Manuel; il était éloigné de Paris par ses fonctions
d'intendant-militaire à l'époque où ce dernier
avait été présenté chez Madame de Varennes. Il
avait fixé à Sarnen son domicile conjugal, parce
que sa femme avait voulu qu'il l'y fixât; habitué
qu'il était à ne jamais opposer sa volonté à celle
que madame de Varennes manifestait fortement.

Mais aussi, il ne fesait que de courtes et rares apparitions à ce domicile, et Madame de Varennes jouissait presque de la liberté du veuvage, sous le manteau d'un mari dont elle pouvait se rapprocher à sa fantaisie. Puis, pour concilier tous les scrupules, elle avait auprès d'elle la mère de ce mari absent; vieille femme aveugle par qui elle n'était pas gardée, et qui lui valait la réputation d'une piété filiale, à laquelle toute la ville rendait un sincère hommage.

Après les tragiques événemens dont sa lettre, si malheureusement provoquée, était l'unique cause, elle avait passé bien des nuits sans sommeil avec le cadavre des époux Belcourt sur son oreiller, ou enchaînée à côté de Manuel. Et comme cependant la voix du monde, insensible à sa douleur, l'accusait avec colère, comme toutes les femmes se détournaient d'elle à son passage, comme les jeunes gens la poursuivaient de leurs regards insultans, elle avait laissé la société se constituer impitoyablement son juge et son bourreau, et elle était partie pour la Suisse, comme pour mettre les Alpes entre son passé et son avenir.

Et déjà à l'époque où elle revit Manuel, sans indifférence pour ce passé, elle s'en était cependant en quelque sorte justifiée à ses yeux, par la pensée

qu'elle ne l'avait ni pressenti, ni voulu, et que
c'est l'intention et non le fait qui constitue le crime. Il ne lui restait donc plus qu'un souvenir triste
et sans remords, qui effaçant la légèreté ironi-
que et intolérante, autrefois mêlée dans son caractère à des qualités sérieuses, la disposait aujourd'hui à plus de bonté, à une appréciation plus
indulgente de la vie.

Sans doute à l'apparition de Manuel elle s'était
troublée, comme si à ses côtés elle avait vu s'ouvrir
une tombe pour lui présenter le corps de la vic-
time qu'elle-même y aurait déposée... Mais du
second regard, jugeant bien qu'il n'était pas disposé à une attaque violente, elle se rassura, et
l'attendit avec courage. — Madame de Varennes
était *une femme forte!*

D'ailleurs elle comprit qu'il ne divulguerait
pas cette douloureuse histoire dont il avait été
le sanglant héros, et alors quelle que fut la déter-
mination de Manuel, elle conclut que tout se passerait entre eux deux, et elle devait moins s'effrayer
de ce duel sans témoins.

Elle employa une partie de la nuit à réfléchir
sur la manière dont elle devait recevoir Manuel
quand il se présenterait chez elle ; et satisfaite
sans doute de la dernière résolution à laquelle

ells s'était arrêtée ; elle se reposa deux heures
dans un profond sommeil, dont aucun songe pénible ne vint troubler la douceur.

Lorsqu'elle se réveilla, les rayons du soleil levant se jouaient à travers la draperie de ses rideaux.
Elle salua ce soleil avec toute l'énergie d'une
volonté puissante.

Après avoir été belle à vingt ans, Madame de
Varennes était jolie à trente. Elle possédait toute
la grâce que donne l'habitude du monde, et cet
agrément de physionomie, qui témoigne d'un
esprit vif, toujours prêt à se montrer sans trop
d'audace et sans timidité. Jeune fille elle avait
rêvé la métaphysique de l'amour, mais femme
mariée elle avait pris les goûts de son état, et
renoncé bien vite à ces illusions décevantes qui
berçaient l'imagination de la jeune pensionnaire.
Avant d'avoir rencontré Manuel, elle s'était fait
une loi de ne plus demander à la vie que ce que
la vie peut donner ; quelques jours de bonheur,
rares et courts, et une longue suite de jours
neutres, sans joies et sans chagrins, monotonie
respectable au bout de laquelle on se traîne
au tombeau avec assez d'indifférence, n'ayant
que la peine de se laisser mourir en paix.

Madame de Varennes, avait mis à se parer

un soin inaccoutumé. Non que sa toilette fut splen-
dide, non qu'elle eut des diamans dans les cheveux, à son cou et à ses oreilles ; non ! Une
simple robe de mousseline, un fichu en gaze, un
bas bien blanc que coupait la noire prunelle d'un
soulier fait à Paris... Voilà, tout, pas autre
chose...

Et pourtant quiconque l'eut vue ce matin là,
lui eut dit : — O comme vous avez une robe qui
vous va bien ! comme vous êtes bien chaussée !
mais qui donc attendez-vous, pour vous être
faite si belle ?

Elle attendait Manuel. — Il n'avait rien dit,
mais elle savait qu'il viendrait. Elle l'attendait à
coup sûr, mais il était bien convenu qu'elle ne
devait pas l'avoir attendu. Il fallait qu'elle fut
surprise... surprise dans sa chambre à coucher...
cette salle du trône de la femme mariée.

Cette chambre était toute embaumée des parfums du matin; il y régnait un heureux désordre
que la main de la cameriste n'avait point encore
réparé... désordre plein de grâce et d'abandon,
qui sert de transition, entre la nuit passée et le
jour déjà commencé.

Auprès de la fenêtre, dans un large fauteuil, la
tête appuyée sur le dos de ce fauteuil, couchée

plutôt qu'assise dans ce fauteuil, nonchalante, négligée, avec un livre tombé sur ses genoux, Madame de Varennes, semblait rêver ou dormir.. et avec le cœur plein de trouble et d'anxiété, le sang glacé, les nerfs tremblans, elle se fit un visage calme, des regards doux, et une bouche qui sourit. — Il fallait bien qu'elle parut ne pas avoir craint la vengeance de Manuel pour que lui ne crut pas au droit de se venger.

On annonça le comte de Neismen.

— Faites entrer, répondit-elle.

Manuel entra.

VI.

Dès qu'il parut, elle se leva toute *bouleversée* et courut au devant de lui avec empressement. Mais à cet accueil inattendu, Manuel s'arrêta presque décontenancé, tandis que Madame de Varennes saisissant l'avantage de sa position, avec cette vivacité d'instinct qui n'abandonne jamais une femme, lui tendit la main, et lui dit :

—Est-ce ainsi que vous revoyez une ancienne amie, Manuel? Soyez pourtant le bienvenu, ajouta-t-elle, allons plus de rancune, union et oubli!

—Union et oubli! répéta Manuel, en portant à ses lèvres la main qu'on lui présentait.

Cette main était froide, comme le baiser qu'elle reçut.

Madame de Varennes reprit sa place, et fit signe à Manuel de s'asseoir. Ils se regardèrent : mais un regard d'éclair, bien vite caché sous leurs paupières abaissées, comme s'ils avaient craint de laisser deviner les pensées secrètes qui les agitaient l'un et l'autre.

Si Madame de Varennes avait voulu être surprise dans tout l'avantage de sa beauté, la même coquetterie et les mêmes désirs avaient présidé à l'arrangement de la toilette de Manuel. Comme elle, il s'était bien gardé de cette recherche prétentieuse, de ce luxe de parure qui dénotent le parvenu d'hier, ou le grand seigneur de petite ville. Un frac noir croisé sur la poitrine, une cravate noire brisée facilement autour du cou, des cheveux propres, brillans, polis, mais dont les boucles semblaient abandonnées à elles-

mêmes, voilà à peu près tout l'homme extérieur.
Il était brun et pale, avait la bouche petite et les
dents très-blanches. Ses traits manquaient de
régularité, mais il y avait dans leur ensemble
quelque chose de si animé, une expression si
passionnée, un langage de haine et d'amour si
bien articulé qu'il était impossible de ne pas
prendre parti pour ou contre cette physionomie.—Il était grand et svelte.

— Depuis quelle époque avez vous quitté
Paris? lui demanda Madame de Varennes.

—Je l'ai oublié, madame! répondit-il en l'interrompant, car il craignait qu'en retournant
dans le passé, tout son échafaudage de dissimulation et de bienveillance menteuse ne vint à
s'écrouler; et cependant quelque effort qu'il put
faire, il ne réprima point le mouvement hostile
de ses lèvres spontanément contractées à la question de Madame de Varennes.

Elle s'aperçut de l'impression qu'elle avait
produite. C'était une épreuve; et pour la continuer, avec ce ton à la fois plaisant et boudeur,
dont les femmes habiles se servent avec tant
d'avantage, laissant tomber sur Manuel un
long regard de ses yeux bleus, elle lui dit:

— Je crois Manuel que vous me trompez; et en

vérité c'est une science que vous devez avoir
acquise dans vos voyages... Je ne vous la con-
naissais pas à Paris, lorsque....

— O madame, je vous en conjure, ne revenons
pas sur des jours auxquels nous ne devons plus
songer.

Ces paroles firent tressaillir Madame de Varennes, elles lui parurent le gage d'une récon-
ciliation qu'elle ne pouvait prévoir si prochaine
et son aisance jusqu'alors toute factice devint na-
relle de ce moment là.

Manuel de son côté, se sentit moins embarrassé; il se plaça plus près de Madame de Varennes, lui prit la main qu'elle abandonna sans
affectation, et ils restèrent quelques instans tous
deux dans une muette extase; comme si tout
entiers sous le charme d'un amour mutuellement
partagé, ils jouissaient intimement de leur bonheur sans avoir de paroles pour l'exprimer.

— Vous ne vous attendiez pas à me revoir,
n'est-il pas vrai, madame?

— Pas aujourd'hui du moins. Mais plus tard
je ne sais.

Et pour ne pas laisser la conversation trainer
dans les lieux communs et les phrases banales
dont la fausseté de leur position ne leur permettait

en quelque sorte pas de sortir , elle profita de la question de Manuel pour le forcer à trahir sa pensée par cette attaque indirecte :

Vous autres hommes , vous trompez si bien toutes nos prévisions.... On ne peut compter ni sur votre haine ni sur votre amour.

— Vous nous croyez donc incapables de suivre une volonté bien déterminée....

— Oui , mon ami , si pour arriver au but de cette volonté il vous faut un long délai , si vous rencontrez des obstacles que vous ne puissiez franchir de front.... Et cela s'applique spéciale- ment à vous , Manuel !

— A moi ! dit-il d'un air surpris.

— Oui , à vous , mon ami... et ne vous en dé- fendez pas. C'est le défaut d'une grande qualité.. Les hommes qui font exception à cette règle, sont presque tous un fléau pour la société. Ils brillent sans doute sur la scène du monde, mais ils y brillent d'une manière fatale... Leur illustration ne vaut jamais le prix qu'elle a coûté.

Tout autre que Manuel eut été subjugué par cette habileté avec laquelle Madame de Varennes semblait éluder une position difficile, tout autre se fut troublé devant ce regard assuré, en écou- tant cette parole incisive et mordante, qui devait ne pas admettre de réplique, qui commandait la docilité et la soumission; mais Manuel la vit tranquillement s'engager dans une erreur d'opinion dont il se félicita. Comme il se croyait sûr d'une éclatante revanche, ne pouvait-il pas avoir l'air de céder, et lui permettre de s'avancer autant qu'elle voulait s'avancer?

Manuel, avouez-le, continua Madame de Varennes, vous vous êtes cru longtemps un homme à part des autres hommes, vous avez pensé que les règles communes n'étaient pas faites pour vous, que vous deviez donner la loi à la société et non la recevoir d'elle.....

Manuel sourit.

— Ce sourire est-il une approbation? lui demanda-t-elle. Veut-il dire oui, veut-il dire non? il dira oui si vous êtes sincère..... On vous a trop flatté, Manuel, on vous a trop laissé voir votre supériorité dans le cercle où vous avez été admis... Vous avez gagné à cela une grande confiance dans vos forces, mais vous y avez perdu la juste appréciation de vos pareils... Vous vous êtes imaginé trop grand pour le monde tel qu'il se mettait à vos pieds, vous vous êtes dit que Dieu s'était trop dépêché en le créant, et qu'il vous devait de donner deux jours de plus à la perfection de son ouvrage.

Il y avait beaucoup d'ironie dans ces dernières paroles; Manuel se sentit prêt à rendre coup pour coup, mais d'un regard il put se convaincre qu'on n'avait cherché qu'à l'exciter pour le faire sortir de sa réserve, et il se montra invulnérable.

— Je suis heureux de vous avoir rencontrée Madame, répondit-il, nos amis, seuls, ont le privilége de nous dire la vérité, et j'ose croire que c'est à ce titre que je dois de l'avoir entendue aujourd'hui.

— Vous m'avez bien comprise, Manuel, repliqua-t-elle en lui offrant la main... je vous en sais gré...C'est que je suis plus vieille que vous... beaucoup plus vieille que vous...Vous avez vingt-cinq ans vous, n'est-ce pas? et moi... — Elle se pencha sur le dos de son fauteuil, arrêta sur Manuel son regard brillant..., et jolie, jolie! comme il n'est pas de femme qui ne voulut l'être, elle reprit — et moi j'ai trente ans passés! ô c'est un âge de raison, mon ami; on est vieille femme à trente ans quoiqu'en disent les flatteurs —Une femme, à trente ans, doit être revenue de toutes les illusions, il faut qu'elle renonce aux séductions du monde qu'elle ne peut plus séduire...

il faut qu'elle se serve de son expérience, pour diriger quelques jeunes gens comme vous, dont les succès l'énorgueillissent, parce qu'ils sont le fruit de ses conseils désintéressés.

En parlant ainsi, Madame de Varennes tournait et retournait les feuillets d'un livre qu'elle avait à la main, et quoiqu'elle s'adressât à Manuel, elle semblait oublier qu'il était là, comme si ses paroles n'avaient été que des réflexions intimes faites à haute voix.

Manuel en ennemi juste commençait à admirer ces habiles manœuvres, et intérieurement il s'en félicitait. Car il ne voulait pas d'une victoire qui ne lui eut rien coûté, et maintenant il comprenait qu'elle lui serait bravement disputée.

La visite fut longue. Il s'étaient revus comme si aucun ressentiment ne les eut jamais séparés; ils se quittèrent comme de vieux amis dont le cœur a besoin de se dire — au revoir !

VII.

Dès que Manuel fut sorti, Madame de Varennes sonna sa cameriste.

—Justine, lui dit-elle, priez Ludovic Guillemin
de monter ; Je l'attends.

. . . .

. . . .

. . . .

Il se rencontre encore dans ce siècle d'égoïsme

quelques-unes de ces rares créatures à qui la vie
ne semble avoir été donnée que pour la consacrer
à une autre vie. Pour ces caractères dont le type
primitif s'efface de jour en jour, servir est un besoin, aimer une nécessité, se sacrifier un bonheur.
On dirait que la force leur manque pour exister à
eux seuls , et que leur faible individualité demande le contact d'une individualité plus robuste.
—La joie ou le chagrin ne peuvent leur arriver que
par reflet, ils ne les ont jamais connus pour leur
propre compte. Ils ignorent ce que c'est qu'une
pensée ou une volonté qui ne leur a point été
commandée. Ils parlent si on leur dit de parler,
mais ils n'interrogent point. Ils ne savent, ne
voient, n'entendent, ne comprennent que par
vos ordres. Ils sont l'ombre de celui auquel ils
s'attachent. Là où il s'arrête, ils s'arrêtent, où
il marche, ils marchent. Ses haines sont leurs
haines, ses amitiés, leurs amitiés ; ils épousent
ses querelles sans jamais les juger ; tristes quand
il est triste, gais de sa gaîté, furieux de sa colère,
malades de sa fièvre, et —ne pouvant pas prendre
l'initiative de la mort —le suivant ainsi jusqu'au
bord de sa tombe, d'où ils reviennent étonnés
de n'être pas descendus avec lui. Ils ne sont,
dans leurs fonctions, ni son ami, ni son valet,

mais quelque chose d'intermédiaire qui n'a pas encore de nom dans notre langue.

Ludovic Guillemin était une variation de cette espèce,—fils d'un fermier de Madame de Varennes, frère de lait de Madame de Varennes, élevé dans la maison de Madame de Varennes, il s'était en quelque sorte moralement incarné à Madame de Varennes. Madame de Varennes était son honneur, sa religion, son Dieu; elle pouvait tout en exiger, le flatter ou le battre—à son choix — elle avait toujours bien fait. Ludovic ne connaissait pas de femme plus belle, plus grande, plus noble que Madame de Varennes, il ne connaissait pas d'autre femme. Si l'amour n'eut pas du être un *impossible* pour lui, il en en eut été sans doute l'homme du monde le plus amoureux, mais il croyait lui vouer une passion sans amour, celle de quelques matelots pour leur frégate, de quelques vieux soldats pour l'empereur.

Lorsqu'il parut devant, elle, il se présenta dans l'attitude respectueusement fanatique de ces serviteurs de la vieille monarchie qui disaient en mourant pour elle! —mon dieu et mon roi! et il fallût qu'elle lui renouvelât trois fois l'invitation de s'asseoir pour qu'il osât y consentir.

— Mon ami, lui dit Madame de Varennes,

vous savez toute l'histoire de Madame de Bel=
court et la triste part que j'ai eu le malheur d'y
prendre.

Ludovic s'inclina.

— Manuel est ici, continua Madame de Varennes. Je crois qu'il est de nos amis, mais rien
ne me le prouve encore, et je veux le considérer,
comme mon ennemi — vous avez des *intelligences*
aux bureaux de la poste, Il faut vous arranger
de façon à me dire avec quelles personnes, Manuel entretient commerce de lettres. Il n'y a
rien là qui puisse compromettre qui que ce soit.
Il ne s'agit que de voir la suscription de ces lettres.
Si vous êtes habile, je saurai cela dans quinze
jours. Je tiens à le savoir.

— Vous le saurez, Madame! répondit Ludovic.

VIII.

De son côté Manuel écrivit à Jules Bernard :

« Tout va bien ; Madame de Varennes est à
» nous ! ô j'ai trop bien paru sa dupe pour qu'elle
» ne soit pas la mienne. Maintenant elle ne
» m'échappera pas. Elle est à nous, te dis-je, à
» nous corps et âme.—Si elle a une âme toute-
» fois.

» Et puis que l'on me répète donc encore que

» la dissimulation est une *vertu* d'instinct que
» l'étude ne donne pas! moi qui pendant deux
» années n'ai pu trouver un sourire pour elle,
» lorsque je devais tant la ménager, aujour-
» d'hui j'aurais baisé la poussière de ses pieds,
» j'aurais pleuré à ses genoux, si elle avait
» voulu de mes larmes! et pourtant mon
» cœur saigne encore de la plaie qu'elle y a faite,
» et pourtant je l'aurais brisée sans pitié contre
» les murs de sa chambre, si ce n'eut pas été là
» pour elle un supplice trop doux.

» Mais voilà que je m'emporte, pardon, je
» reviens.

» O c'eut été dommage de la tuer... Elle est
» plus jolie qu'elle ne l'était même à Paris,
» quand tu ne jurais que par ses beaux yeux. Je
» crois aussi qu'elle a gagné en expression,
» elle qui en avait tant. Son esprit est plus vrai,
» plus sur, plus profond; elle va presque jus-
» qu'à la psychologie. Elle s'est faite de la nouvelle
» école.

» Ah! je rends grâce au ciel, mon ami! il en
» est qui paieraient du plus pur de leur sang, ce
» que moi, j'obtiendrai pour ma vengeance! car
» vois-tu, je l'obtiendrai. — un homme à moins
» qu'il ne soit un sot, est toujours sûr d'avoir

» la femme qui n'est pas occupée par une autre
» passion; et même encore dans ce cas, avec une
» volonté de fer, il a des chances de succès.

» Deshonorer Madame de Varennes! à la
» bonne heure au moins. Depuis que je la sens
» frémir sous ma main, il me semble que je
» sors du linceul où je m'étais enseveli. O
» j'avais besoin de la revoir cette femme, dont
» le nom est écrit en lettres de sang, sur le
» tombeau de l'autre! Il me fallait l'une des
» deux, je ne pouvais plus vivre que de mon
» amour ou de ma haine: le tour de la haine est
» à la fin venu.

» Quel bonheur à m'introduire, ruse par ruse,
» dans la confiance de Madame de Varennes.
» O je ne demande qu'une chose, c'est qu'elle
» prolonge la défense, c'est qu'elle ne me laisse
» pas du premier coup, maître du champ de
» bataille, c'est qu'elle soit jusqu'au bout digne
» de l'infamie que je lui prépare.

» Je me reconnais la force de lui exprimer plus
» d'amour que mes paroles n'en avaient pour
» celle qu'elle a tuée... Et il faudra bien qu'elle
» y croie, qu'elle y réponde, qu'elle le partage!

» Depuis mon crime jusqu'à ce jour, je portais
» le néant dans mon cœur, j'étais assommé du

» vide de mon existence... se sentir incapable
» d'atteindre le but pour lequel fermente une
» pensée de mort dans votre poitrine... ô alors
» l'atmosphère qui vous entoure est trop lourde,
» elle vous écrase!

» Combien de fois, mon ami, désespérant de
» rendre à la société le mal que j'en avais reçu,
» voyant ma vengeance prête à m'échapper, ne me
» suis-je pas trouvé accablé de mon impuissance?
» Alors je voulais étouffer cette voix de démon
» que j'entendais jusque dans mon sommeil; je
» voulais rentrer dans la vie commune, mais je
» n'en avais plus la force! A moi défendu de
» penser, d'agir, de marcher, d'être comme
» les autres hommes... entre eux et moi, il y a
» un gouffre immense, et au fond de ce goufre le
» cadavre de Louise.

» Peut-être ne me poursuivra-t-il plus à
» présent que je vais me prendre corps à corps
» avec son meurtrier. O Madame de Varennes,
» vous m'appartenez par tous les droits. Je vois
» à travers votre corsage, sur votre sein, qui s'y
» dessine avec une grâce si voluptueuse, la place
» où Louise m'ordonne de frapper. — Je frappe-
» rai avec mes lèvres, mais leur baiser sera un
» coup de poignard.

» Plains-moi, mon ami, *même dans le succès de* » *mon entreprise.* Il y a sur mon front une tache » de sang qui le brûlera toujours!.. on dit que » Satan y porte aussi l'empreinte de la foudre » céleste ; avec cela on ne peut connaître que » les joies de l'enfer.

» Adieu, continue à être heureux : moi je » n'étais pas organisé pour l'être à ta manière.

» Et maintenant je vais appeler Detto, mon » esclave !»

MANUEL.

IX.

Voici l'histoire de Detto :

Une nuit Fra Paolo fut réveillé par des cris qui retentissaient dans la vallée, au pied de son hermitage. Ces cris semblaient appeler du secours: et d'ailleurs, quelques coups de fusil, des voix mêlées et menaçantes, annonçaient suffisamment que des voyageurs étaient aux prises avec les bandes de Pigalli, qu'on rencontrait si souvent à cette époque.

C'était un brave hermite, que Fra-Paolo. Il se leva de son lit de paille, s'arma de deux pistolets et d'un poignard, et descendit dans la vallée, la tête haute et le pas assuré. La lune brillait au ciel ; elle éclairait magnifiquement l'horizon : les bandits le virent s'avancer, le couchèrent en joue, et firent feu sur lui. Mais leurs balles ne traversèrent que ses habits, et il marcha en avant.

Les brigands ne l'attendirent pas : ils lancèrent au galop les chevaux d'une voiture autour de laquelle ils s'étaient arrêtés, et disparurent avec elle.

A sa place, Fra-Paolo trouva une jeune femme qu'on venait d'assassiner, et un enfant qui pleurait effrayé sur le corps ensanglanté de cette femme. Elle était morte..... Les bandits l'avaient dépouillée de tous ses vêtemens..... Son entière nudité ne permettait pas de reconnaître à quelle classe de la société elle appartenait.

Elle fut enterrée le lendemain. Les recherches qu'on fit pour découvrir son nom et sa famille, restèrent sans résultat.

Fra Paolo garda l'enfant, que personne ne
réclamait. C'était une petite fille : il l'adopta, il
la baptisa, il l'appela Detta, et il partagea son
amour entre Dieu et Detta. Le pauvre hermite
n'avait pas autre chose à aimer sur la terre.

Il l'éleva chrétiennement, il lui apprit les
mystères de la religion. C'était toute la science
de l'hermite. Il ne savait ni lire, ni écrire ; Detta
ne sut ni lire ni écrire.

Mais elle jouait avec Fra-Paolo ; elle suivait
Fra-Paolo dans ses courses à travers les montagnes, elle se reposait à ses côtés au foyer hospi-
talier des châteaux, elle répondait ses prières, et
dormait auprès de lui dans la cellule.

Elle s'était faite à vivre de cette vie. Elle vivait
heureuse ! Elle avait quatorze ans.

Mais un an plus tard Detta pleurait, Detta
ne dormait plus, Detta était malade, Detta se
mourait.

Fra-Paolo disait : — Que veux-tu, Detta ?

Et Detta répondait : — Je n'en sais rien !

Fra-Paolo disait : — Où souffres-tu, Detta ?

Et Detta répondait : — Je n'en sais rien.

Il lui disait encore : — Tu n'es donc pas
heureuse ?

— Je n'en sais rien, mon père ! répétait l'enfant , qui laissait tomber sa tête sur sa poitrine.

Alors Fra-Paolo se mettait à genoux et priait :
Detta s'agenouillait aussi, mais elle ne priait
pas. Elle avait oublié jusqu'au nom des saints
que Fra-Paolo lui avait appris à invoquer. Je
le répète, Detta se mourait.

Aussi un jour, n'y pouvant plus tenir, elle
quitta la cellule, Fra-Paolo son père, et jura
qu'elle ne reverrait ni la cellule, ni Fra-
Paolo.

Elle marcha toute une semaine, vivant d'au-
mones et du peu d'argent qu'elle avait emporté
avec elle, sans inquiétude, sans crainte, sans
regret, se sentant plus à l'aise, se reprenant à
vivre et à sourire à la vie.

Du plus loin qu'elle découvrit Rome, elle se
prosterna et bénit Dieu qui lui donnait enfin cette
ville dont l'image était mêlée aux souvenirs
confus de sa première enfance. Elle baisa la
poussière des rues lorsqu'elle tomba au milieu de
la ville, et elle se mit à danser comme une folle
étourdie de son bonheur.

Le tumulte de la place publique, l'éclat et la
variété des costumes, le marbre des palais, l'or
des coupoles, la poésie des ruines, cette poussière
que depuis tant de siècles ont soulevée les pas

d'un monde civilisé, les fêtes sanglantes et voluptueuses de l'empire; tout cela était comme des
souvenirs pour cette enfant qui jamais n'en avait
entendu parler. Un instinct secret lui révélait le
passé comme si son âme y eut autrefois vécu et
qu'en contact avec ces objets familiers d'un autre
tems, elle en subissait de nouveau les impressions
déjà éprouvées.

Elle fut bientôt entourée par la foule : de riches
seigneurs vinrent au devant d'elle, et lui offrirent
une place dans leurs brillantes voitures.... elle
accepta le plus jeune et le plus beau, et dès le
soir, maîtresse préférée, elle dominait vingt ri-
vales, harem d'un seigneur romain.

Mais son amant était jaloux, il la gardait à
vue, il l'enfermait, il la fesait prisonnière de son
amour; elle s'en fatigua, et elle le quitta comme
elle avait quitté la cellule et Fra-Paolo.

Detta voulait la liberté. — Elle se donna à un
autre seigneur, mais au bout de huit jours elle en
était lasse, elle lui échappa.... et bientôt elle se
fit courtisanne.

Il y avait à Rome, une maison de plaisir
honteusement célèbre, elle entra dans cette
maison. Toutes celles qui l'habitaient palirent
en la voyant paraître au milieu d'elles, car elle

y brillait d'une grâce et d'une pureté qui leur étaient inconnues.

Manuel qui alors jetait sa vie à toutes les voluptés, était un des habitués de cette maison. Il y vint le soir même de l'arrivée de Detta. Il laissait tomber l'or à pleines mains : Detta lui fut livrée.

Manuel, grand artiste, s'émerveilla de tant de beauté. Il interrogea Detta, et lui demanda son histoire ; et quand elle eut conté son histoire, il lui dit :

— Veux-tu être à moi seul ?

— Oui, si tu ne m'aimes pas, et si je ne dois pas t'aimer.

— L'amour est donc déjà mort ici ? dit-il en plaçant la main sur le cœur de Detta.

— L'amour est un mensonge ; il n'y a de vrai que la volupté. Tu es beau, je suis belle, la volupté ne peut nous manquer.

— Voilà qui est convenu. Pour les autres femmes, mes égards, mes soins, mon exaltation, mon amour, si je suis capable d'amour.....

— Pour moi, tes caresses et les baisers de ta bouche, dont les dents sont si blanches.

— Je serai ton maître.

— Je serai ton esclave.

— Je te donnerai de l'or.

— Je te donnerai du plaisir.

— Je suis souvent sombre et désespéré.

— J'aurai de la gaîté et des sourires.

Elle le regarda un instant avec attention, puis elle s'écria :

— J'aurais voulu te rencontrer le premier. Avant de t'avoir vu je méprisais bien ton espèce. On m'y a forcée dans ce pays. Mais toi, tu as sur le front et dans le regard un signe que je respecterai toute ma vie. Tu es un génie, un saint, un fils de Dieu. Toi, je t'honore. Toi, tu peux me fouler aux pieds, je n'en murmurerai pas. Je me donne à toi corps et âme. Je t'appartiens comme on appartient à l'enfer ou au ciel.

Manuel paya le prix de Detta, et l'emmena avec lui. Il lui dit : — Tu seras mon esclave, et le jour tu t'appelleras Detto. Quand je mourrai, tu auras cent mille livres de rente sur mon testament.

Detta lui prit la main, la serra, et d'un ton de voix qui avait quelque chose de solennel, elle répondit :

— Monseigneur, homme ou femme, ma vie est à toi.

X.

Detto s'était rendu sans bruit à l'appel de
Manuel.

C'était une ravissante tête italienne, un teint
légèrement bruni, des yeux noirs, magnétiques,
une bouche petite, un front intelligent couronné
de cheveux épais et fins, qui, partagés en deux
masses, retombaient bouclés sur la poitrine et
les épaules.

Detto semblait un enfant de quinze ans, bien qu'on trouvât dans l'ensemble de ses traits une expression qui dénonçait une plus grande habitude de la vie qui pense et qui souffre ; expression à la fois triste et folle, douce et grave, pleine d'amour et d'effronterie. L'analyse n'aurait pu dire quel était le caractère dominant de cette physionomie mobile, dont les nuances variaient à l'infini.

Une blouse en satin noir lui tombait aux genoux sur un pantalon blanc ; et serrée autour des reins par un cordon en fils d'or, elle dessinait une taille remarquable de souplesse et de grâce. Detto avait le pied court et étroit, la main blanche et fine ; et, s'il faut sur ce point s'en fier à lord Byron, juge un peu trop intéressé, l'esclave était de noble race — légitime ou illégitime.

Manuel ne l'avait pas entendu entrer. Assis auprès de la table sur laquelle il venait d'écrire, il avait la tête appuyée dans une de ses mains, et à la parfaite tranquillité de sa pose, on eut dit qu'il goûtait sans trouble les paisibles douceurs du sommeil,... et pourtant jamais son âme n'avait été déchirée par de plus terribles convulsions ; — mais hors de là, de l'autre côté des Alpes, derrière deux années déjà effacées du livre

de l'avenir. Séparation complète de l'être moral
et de l'être matériel. Il ne sentait plus là où il
était; en le frappant, un coup de poignard n'aurait frappé qu'une statue; on eût retrouvé à Paris
son cœur invulnéré sous la pierre tumulaire de
Louise. Ses paupières restaient ouvertes; mais
pas un regard sous ses paupières; l'immobilité
du foudroyé, l'immobilité du genre humain pendant la minute qui précédera l'anéantissement
de l'univers, lorsque tous les globes, fatigués de
tourner, s'arrêteront au même moment sur leur
axe brisé.

Detto vint avec précaution s'agenouiller en
face de Manuel, et lui prendre, et lui caresser,
et lui baiser la main avec la soumission et l'amour
de votre épagneul, quand le matin la porte de
votre chambre a été fortuitement ouverte, et
qu'il s'est introduit à pas timides et craintifs
jusqu'au lit où vous dormez encore.

Detto ne réveilla point Manuel, ou plutôt il
ne le rendit pas à la vie réelle dont il était sorti.
Manuel abandonna sa main à l'enfant, comme il
l'aurait abandonnée au soufle de l'air. L'esclave
était fait à cette indifférence; il n'en parut ni
surpris, ni attristé, heureux qu'on permit ses
caresses même en les oubliant. Il se croisa les

bras, et contempla Manuel avec enthousiasme, comme s'il eût été en présence de son Dieu, et qu'il l'eût adoré.

Il y avait maintenant de Detto à Manuel, de l'esclave au maître je ne sais quelle exagération, je ne sais quelle ivresse de sentimens dont nos rapports de société ne nous offrent pas d'image.

Il se leva, ouvrit une cassolette remplie de parfums, et répandit ces parfums sur la flamme d'une lampe d'argent qui brûlait éternellement, comme le feu sacré commis à la garde des vestales. La vapeur de la vanille et de l'iris monta en légers nuages autour de la tête de Manuel... Peu à peu cette tête s'inclina, ses lèvres se dessérèrent, et un soupir gonfla de sa poitrine.....

Detto, qui l'avait observé, lui présenta un breuvage préparé dans une coupe de cristal... Manuel saisit la coupe d'une main avide, et la but d'un trait. Ce breuvage le ranima, une étincelle de feu jaillit de son regard, le sang remonta à son front, et, ouvrant les bras, il dit à Detto :

— Tu t'es bien fait attendre, mon enfant, et pourtant j'avais besoin de te voir, car j'ai beaucoup souffert... Viens t'asseoir sur mes genoux, et me sourire.

L'enfant s'assit sur ses genoux, et sourit.

— Tes dents sont toujours blanches, tes lèvres toujours fraîches; tu ne vieillis pas, Detto! Depuis un an tu n'as point changé... Ce satin n'est plus frais, ajouta-t-il, en portant la main et le regard sur la taille de Detta; il faut le quitter.

— Mais, monseigneur, il y a huit jours à peine...

— Qu'importe!... je suis riche.... je le veux.

L'enfant l'embrassa.

— Tu n'as point perdu la science des baisers; tu l'as apprise à si bonne école! Allons, ne rougis pas, Detta, sans cela tu ne serais pas à moi... A une destinée proscrite il fallait une destinée flétrie; tu ne pouvais sans doute m'arriver que de cette manière! et mieux vaut celle-là qu'une autre, car la société t'a fait une condition contre laquelle je ne puis rien ,... et moi qui prends cette société à rebours... Mais tu ne me comprends pas, mon enfant! et il ne faut pas t'en plaindre, ajouta-t-il avec une amère ironie.

Pendant qu'il parlait, Detta, sans l'écouter, jouait avec ses cheveux, les séparait sur son front, puis les ramenait sur le côté, puis s'en approchait, les respirait, et les brisait entre ses lèvres. Bientôt elle reposait sa tête sur l'épaule de

Manuel ; et de là, épiant ses regards, elle semblait lui dire — j'attends !

Manuel avait passé le bras autour de sa taille, et parfois il la pressait, et soulevait l'enfant, qui lui cédait, comme la plume au vent qui la pousse. Il se prit à déplacer le col brodé qui se fermait sous le menton de Detta ; et lorsqu'il l'eut enlevé, il s'écria : — Plus belle encore que celle de son front ! Oh ! oui, la nature avait fait Detta pour l'état dont je l'ai tirée ; il fallait à tant de merveilles un peuple d'admirateurs..... Enfant ! ne vas-tu pas pleurer ? Tu sais pourtant que je n'aime point les larmes... Tu n'en devais jamais répandre ; c'était une des clauses de notre contrat : les larmes ne vont qu'aux grandes dames qui ont de grandes passions... Et pour toi, tu me l'as dit, l'amour n'est qu'un mensonge.

Manuel dénouait alors le gland en or qui retenait la blouse de satin sur la taille de Detta ; et, la main sur le cœur de Detta, il murmurait d'une voix douce : oh ! maintenant il faut encore me sourire, mon esclave !

Mais elle lui échappa, et courut au piano, où elle se mit à préluder et à chanter en s'accompagnant.

Elle avait une de ces belles voix du midi, si

expressives, si chaudes, si sonores! A Paris ou
à Rome elle eut été sur le théâtre une des canta-
trices les plus adulées. Lorsque Manuel l'avait
entendue pour la première fois, il en avait poussé
un cri de joie et d'enthousiasme... et pourtant
alors elle ignorait jusqu'au nom d'une note...
Mais c'était un chant si plein de pensée, d'exaltation de poésie, que l'art semblait n'avoir rien
à lui apprendre.

Manuel entoura Detta des maîtres les plus cé-
lèbres; et ses progrès furent si rapides, qu'au
bout de quelques mois leurs conseils lui étaient
devenus inutiles. Bientôt elle put traduire sur le
clavier son inspiration, et aujourd'hui elle y im-
provisait un poème tout entier.   .   .   .   .   .

.   .   .   .

Elle avait d'abord commencé avec peine, et
comme cherchant l'idée qui la fuyait ; mais elle
en devint facilement maîtresse ; elle la posséda
docile, complète et sous toutes les formes ;... et
à mesure qu'elle s'anima, soit qu'elle égayât,
soit qu'elle attristât l'harmonie, Manuel s'égaya
ou s'attrista avec elle. Elle lui communiquait ses
impressions, elle lui communiquait toutes les colères, toutes les mollesses, toutes les fantaisies de
son imagination.

Elle l'avait jeté dans les éternelles douleurs
de l'enfer, mais emportée avec lui comme par
un tourbillon, elle lui ouvrit tout à coup les
portes du ciel, cet océan sans rivages, où l'âme
nage éperdue dans des extases infinies. Puis elle
le fit descendre ainsi éthéré au milieu d'un bois
de myrthes et d'orangers, où, caressé par le murmure des eaux et le soufle léger d'un vent pur et
doux, il voyait passer devant lui un chœur de
jeunes filles, parées de guirlandes de fleurs, le
sein nu, le regard humide, les lèvres brûlan'es,
ivres d'un bonheur qu'elles l'appelaient à partager.

— O viens près de moi, Detta! s'écria Manuel.

— Non pas encore, répondit-elle.

Mais elle quitta le piano, et savante baya-
dère, prenant la place de ces sylphides fantastiques, elle dansa un de ces pas magiques à la
Taglioni, dont la foule toujours transportée applaudit avec fureur la volupté saisissante.

Manuel se levait et s'approchait d'elle, lorsque
la porte s'ouvrit; un domestique annonça que les
chevaux étaient à la voiture.

— Il faut donc sortir, Detta! lui dit-il, en la
pressant sur son cœur.

— Oui, monseigneur, puisque vous l'avez
ordonné.

XI.

Le baron de Forlano, chez lequel Manuel avait
rencontré Madame de Varennes, dépensait à-peu-
près chaque année ses quatre cents mille livres
de rente. Chez lui, au luxe des diners, succédait
le luxe des bals, et au luxe des bals, des fêtes
presque néroniennes — pour la magnificence.
Ce n'est pas qu'il tint, comme tant d'autres, à
imposer le spectacle de ses immenses richesses,

il aimait, le digne homme, à répandre son or pour le plus grand bonheur de ceux qui l'entouraient.

C'était un homme de quarante ans, très-grand, très-sec et très-maigre, ne prenant juste que sa place dans son salon, parlant fort peu, et quelque fois seulement pour vous assurer, *qu'il était trop heureux de vous avoir reçu!* Veillant à tous vos besoins et à tous vos désirs, et par son empressement, ayant l'air de vous dire : *Ma maison vous appartient, commandez! je ne suis que le premier de vos serviteurs!* Seigneur admirable! baron digne d'être canonisé, si l'on canonisait encore, mais dont l'espèce sera perdue, car le baron de Forlano est veuf, et Madame la baronne de Forlano, par une triste fatalité, ne lui a pas laissé d'héritier.

Ce soir là, le baron de Forlano donnait un bal. Madame de Varennes et Manuel y étaient venus. . . . . , ...

. . . .

Madame de Varennes marche la main appuyée sur l'épaule de Manuel, qui la soutient avec le bras droit passé autour de son corps, tout frémissant de l'attente de la valse.

C'est un moment d'amour et de volupté, que ces huit mesures pendant lesquelles on s'avance à pas comptés, enlacés l'un à l'autre, comme deux amans qui promènent une douce rêverie sous l'inspiration d'une nuit d'été.

Les huit mesures sont finies..... la reprise a commencé..... Manuel et Madame de Varennes ont donné le signal, et derrière eux, comme un nuage qui se déroule, tout le bal a tourné. — C'était cette magnifique valse de Weber, si entraînante, si galvanique, qu'elle remuerait les jambes d'un mort dans son cercueil de plomb. Quand l'orchestre l'attaque, cette valse, il semble qu'elle coule sur des cordes de feu. Elle vous emporte, elle vous brûle, elle vous dévore, et vous tomberiez épuisé dans le tourbillon où sa puissance vous a jeté, si elle ne s'arrêtait d'elle-même.

Parmi toutes ces femmes qu'elle échevelait, Madame de Varennes conservait seule le frais incarnat de ses joues, seule elle avait le regard assuré et tranquille, seule elle dominait la valse, maîtresse de ses sensations, qu'elle gouvernait à sa guise.

Lorsque Manuel la reconduisit à sa place, son cœur ne battait pas plus vite qu'après une promenade du matin, tranquille et lente sous un berceau de maronniers; et, au milieu de tous ces désordres de toilette qui l'entouraient, on eût dit qu'elle sortait fraîchement parée de son boudoir ; on eût dit qu'elle avait, pour se défendre de la poussière et de la chaleur effrénée de la valse, je ne sais quel talisman ignoré des autres femmes.

Manuel ne la quittait pas ; et sans fatuité, il pouvait croire qu'elle recevait ses hommages avec reconnaissance.

C'était la première fois qu'ils se rencontraient depuis que Manuel avait été reçu chez Madame de Varennes, la troisième depuis qu'il habitait Sarnen. Il avait évité de montrer trop d'empressement ; car cet empressement eut trahi sa pensée ; Madame de Varennes n'eut point été dupe d'une passion ainsi préméditée. Il lui fallait, pour réussir, que cet amour qu'il voulait feindre parut le fruit de quelques entrevues d'abord nécessaires, mais non recherchées par lui.

Il était debout auprès d'elle, les regards abaissés sur son front.

— Ne trouvez-vous pas que cette fête est charmante ? lui dit madame de Varennes.

— Je la préfère à celles dont Paris nous étourdissait tous les hivers.

— Nous en avons eu de bien belles, cependant.

— On y rencontrait tout, excepté le plaisir.

- —C'est de l'exagération, dit en riant madame de Varennes.

—C'est de la réalité, répondit-il d'un ton grave et sérieux.

Et après quelques instans de silence :

— Oui, Madame, reprit-il avec un enthousiasme faux ou réel, je préfère ce bal à tous ceux que j'ai subis à Paris. Voyez donc comme chacun y apporte un cœur disposé au plaisir ! comme c'est une nuit solennelle pour toutes ces jeunes femmes ! elles y sont si peu faites ! on les gâte si peu dans ce pays ! C'est bien moins ici la fête de leur amour-propre que la fête de leurs sens ; elles s'y livrent avec un bonheur dont nos parisiennes seraient envieuses. Au moins, nous ne sommes pas ici dans une école de coquetterie ; au moins nous respirons un air embrasé, un air de franche volupté. Un bal ici, voyez-vous, mais c'est à la fois pour toutes les femmes, du passé, du présent et de l'avenir !... Il y a quinze jours qu'elles en rêvent, et pendant quinze jours elles en rêveront encore.

—Cela est vrai, mon ami.

Il continua : — Je réponds que tous ces cœurs ne sont pas à leur diapason de la vie commune, qu'il y aura au moins pendant une heure de cette nuit de la poésie dans ces têtes si bourgeoises tous les jours. Oh ! oui , je vous le jure, le charme a opéré : regardez comme elles se sont abandonnées, ces femmes d'une réserve si sévère! Ah! c'est bien en vain que, jusqu'à cette heure , elles ont emprisonné leurs désirs et leur imagination... Regardez-les bien , Madame; croyez-vous que maintenant il s'en trouve parmi elles qui aient la force de mentir à leur amour : l'âme et les sens ont débordé; le fard de la société est tombé, comme ces cheveux qui pendent épars et dénoués sur leurs cous brûlans... C'est le moment des doux aveux, des promesses , des sermens qu'on fait, et des sermens qu'on oublie... Oh! que n'ai-je encore mes illusions de dix-huit ans ; je vivrais dans ce ciel où elles vivent, dans ce ciel à jamais perdu pour nous, Madame...

— Pour vous, Manuel... Mais...

— Eh bien, oui, pour moi seul! reprit-il en jetant sur elle un regard dont elle ne put comprendre l'expression, pour moi seul!.. car, en vérité, je ne veux pas croire que vous soyez tombée aussi bas que moi.

Et puis, comme s'il avait été effrayé de la tournure que prenaient ses idées, il s'éloigna de Madame de Varennes pour se mêler à la foule, qui, pendant le silence de l'orchestre, circule toujours dans les salons. Il entendit à chaque instant répéter le nom de Madame de Varennes, et vit tous les regards se tourner et se fixer sur la place qu'elle occupait.

C'est qu'elle était si régulièrement belle, cette parisienne aux yeux bleus et aux cheveux noirs; c'est qu'il y avait dans son costume, et jusque dans les plis de sa robe, une grâce si parfaite; c'est qu'elle était si bien assise, si bien debout; c'est que sa tête, ses mains, ses pieds étaient si bien placés! et puis c'est que tout cela était si naturel! On aurait cru qu'elle était venue au monde ainsi faite, qu'elle n'avait jamais appris la science de la coquetterie et de la parure..... Autour d'elle d'autres femmes étaient belles aussi, d'autres femmes aussi étaient éblouissantes, et pourtant Madame de Varennes, ainsi entourée, n'en ressortait qu'avec plus d'éclat: c'était une auréole qui la glorifiait.

Manuel se retira dans un des angles du salon; et là, les bras croisés, inaperçu, il la contempla silencieusement à travers la cohue du bal. A mesure qu'il la regardait, son œil, qui d'abord rayonnait d'un feu brillant, paraissait reculer et se rapetisser sous l'orbite, comme s'il eut été dévoré par sa force d'action. Plus elle était resplendissante, plus elle était admirée par la foule, plus il l'admirait lui-même, et plus il s'enthousiasmait de sa vengeance!

En retournant auprès de Madame de Varennes, Manuel avait refait son visage. Il eut été impossible à l'analyste le plus habile, de deviner sur ses traits, par quelles pensées il venait de passer

Les jardins avaient été illuminés; la société devait y attendre le souper qu'on préparait. Manuel avait épié ce moment; il offrît son bras à Madame de Varennes : elle l'accepta.

C'était du reste un honneur qu'aucun autre n'aurait osé lui disputer : elle écrasait tous ces hommes qui n'étaient pas dignes d'elle; Manuel seul était évidemment taillé à sa hauteur.... Ils étaient marqués du même signe sur le front.

Plusieurs groupes isolés se formèrent dans le jardin, et l'ombre n'était pas assez épaisse, ni le feuillage assez touffu pour *autoriser* les soupçons ou les défiances des mères et des maris; et d'ailleurs un bal à Sarnen était un jour de solennelle exception qui méconnaissait leurs droits et leur surveillance.

La nuit était chaude et douce : de gros nuages se promenaient majestueusement au ciel, séparés par des déchirures, entre lesquelles brillait la suave lumière des étoiles. La lune jouait au milieu de ces nuages, tantôt les éclairant de sa pâle lueur, tantôt cachée derrière leurs masses épaisses, ou bien se voilant à moitié sous leur gaze diaphane, pour sourire avec plus de coquetterie à la terre enchantée.

Manuel se sentit ému des émotions de l'atmosphère ; son cœur se retourna pour battre plus humainement. Le démon consentit à se refaire dieu pendant quelques minutes.

Si Madame de Varennes l'avait voulu, dans ce moment peut-être l'ame de Manuel se fût révélée à elle tout entière ; mais cette révélation lui échappa, parce que Madame de Varennes avait aussi oublié au salon la femme artificielle, et que la nature retrouva la femme que la nature avait faite.

Ces deux retours à des émotions que l'un et l'autre devaient dominer, furent aussi rapides qu'ils avaient été involontaires. Manuel et Madame de Varennes avaient trop peu de raison de croire à leur bienveillance réciproque, pour ne pas veiller sévèrement sur eux-mêmes dans ce tête-à-tête, où chacun d'eux craignait que sa pensée ne se trahît... Le lieu où ils se trouvaient, je ne sais quoi d'expansif et d'ami dans le ciel, dans toute la nature, cette influence du bal dont il est si difficile de se défendre, tout cela pouvait les entraîner hors des limites qu'ils s'étaient tracées, les faire sortir du cercle où ils se tenaient enfermés. — Par une nuit bien froide, lorsque les étoiles brillent durement dans un ciel de glace, lorsque tout est raide, sec, hérissé, gelé, alors vous vivez au dedans de vous-même, vous n'avez de sensations qu'à huis-clos, vous vous faites statue au dehors. Nul danger, certes, que votre secret ne s'échappe ; il est scellé par la même main qui a enchaîné les eaux de la rivière..... Mais ces baisers d'un vent tiède, ces bienfaisantes émanations des arbres et des fleurs, semblent appeler l'émanation de votre âme ; et il faut la garder à vue, pour qu'elle ne réponde pas à cet appel.

Mais Manuel et Madame de Varennes ne voulaient point paraître aux yeux l'un de l'autre sous le frein d'une semblable méfiance ; aussi, donnant à sa voix cette expression pénétrante qui

accompagne les secrètes confidences que l'on dé-
pose dans le sein d'un ami, Manuel dit à Madame de Varennes :

—Le temps nous change vite, madame! les
révolutions dans nos idées se font aussi vite que
celle des empires que trois jours voient commen-
cer et finir. Il y a deux ans à peine, si j'étais venu
dans ce même monde où nous nous trouvons aujourd'hui; si j'avais vu autour de moi tous ces
amours éclore, toutes ces lèvres frémir et s'appeler, tous ces amans se mêler ensemble,... moi,
jeune comme eux, moi, sous l'empire des mêmes
illusions, j'aurais choisi parmi toutes ces femmes
celle qui m'eut semblé digne de me comprendre;
et pendant que le bras sur mon bras, la main
dans ma main, son cœur aurait battu sous l'impression de la fête; me laissant aller à mon enthousiasme qui était puissant alors, il aurait fallu
que son âme comprît mon âme, il aurait fallu
qu'elle m'aimât, pour cette nuit du moins, et j'aurais été heureux !

Manuel sentait vivement ces paroles, et pourtant il s'en fallait bien qu'elles fussent spontanées;
il avait calculé d'avance l'effet qu'elles pourraient
produire; et comme si Madame de Varennes avait
été pour lui une abstraction, comme si elle avait

existé en dehors des idées qu'il exprimait, il ajouta :

— Aujourd'hui, madame, je me demanderais envain de m'intéresser sincèrement même pour deux heures à l'une de ces filles d'Eve..., je ne croirais plus ni à mes discours, ni à ceux qu'elle y répondraient... il n'est plus au pouvoir d'une femme de remuer une des cordes qui vibraient si frémissantes au contact des femmes... je suis mort dans mes croyances et jusque dans mes sensations.

Madame de Varennes le regarda avec tristesse, car elle ajouta foi à cette confession dont l'histoire de Manuel attestait en quelque sorte la sincérité... Mais de ce moment elle décida qu'il en aurait menti à lui-même, et que ne restât-il qu'une étincelle dans la cendre de ses passions, cette étincelle, elle la recueillerait pour rallumer l'incendie éteint.

Et c'était là que Manuel désirait l'amener, c'était et ce projet et cette pensée qu'il prétendait lui inspirer.—En disant à une femme, que vous ne pouvez plus aimer, n'est-ce pas forcer sa vanité à vous donner la preuve que vous vous jugez avec trop de confiance? Cette femme ne voudra-t-elle pas que vous l'aimiez? Et si vous êtes digne de son amour, ne l'obtiendrez-vous pas infailliblement, puisqu'elle ne se mettra pas en garde contre votre séduction à vous indifférent qui ne devez pas songer à la séduire. O laissez la faire, c'est elle qui viendra au devant de vous, elle, qui cherchera à s'introduire dans une place que vous ne défendez pas, mais dont le chemin, semble perdu. Et si elle parvient à ouvrir votre cœur, croyez bien qu'elle s'y enfermera.

Madame de Varennes dit pourtant à Manuel avec un intérêt, qui n'était pas simulé :

—Je vous plains, mon ami, si vous en êtes réduit là ; car vous n'avez pas comme nous des enfans à aimer, des enfans qui vous tiennent lieu de tous les amours. Votre imagination si brillante, votre esprit si distingué, ne peuvent toujours vous suffire, vous devez sentir souvent que la vie intime vous manque, et je suis sure que vous portez plus d'une fois instinctivement la main sur la poitrine pour marquer la place qui aurait besoin d'y être remplie. Nous ne vivons pas seulement de la vie extérieure...

Manuel l'arrêta : — C'est vous, Madame, qui me parlez ainsi ! ô soyez certaine que vous êtes dupe de vous même. Jamais vous n'avez connu ces besoins d'épanchemens auxquels vous faites

allusion. Vous êtes femme à bien moins vous effrayer d'une haine implacable que d'une amitié
trop démonstrative. Vous avez assez de force
pour vous défendre contre la première, et vous
seriez embarrassée de la seconde, à ne savoir
qu'en faire. Je plaindrais sincèrement l'homme
qui se confierait au sourire de ces beaux yeux
qu'on croirait les interprètes d'une âme tendre et
exaltée. Cet homme serait cruellement déçu, il
ne trouverait pas en vous la confirmation d'une
seule de ses espérances.....— Et vous avez raison, ajouta-t-il avec intention, pour provoquer
un démenti.

Il lui présenta la main qu'elle serra en levant
sur lui ses paupières aux cils noirs, et en disant:
—Vous vous trompez, mon ami!

— Eh! bien soit! répondit-il en riant, mais
que nous importe à nous qui n'aurons jamais que
des relations de la vie positive, à nous qui ne
serons jamais amans .

— Jamais! cela est vrai... reprit Madame de
Varennes, mais mon ami, je crois qu'on rentre
au salon. Nous ne resterons pas seuls dans ce jardin
n'est-ce pas? revenons au monde, nous profanes,
qui ne comprenons pas la nature.

Le souper était servi. Les femmes étaient assises autour d'une longue table, brillante de bougies et de glaces, les hommes étaient debout derrière les femmes.

Manuel quitta Madame de Varennes pour une jeune veuve de vingt ans qui eut été plus belle que Madame de Varennes, si elle avait eu le même art dans sa beauté. Il vit à travers la dissimulation de Madame de Varennes, le dépit qu'elle en éprouvait, et n'eut pas l'air de le comprendre. Il égaya sa physionomie, et se servit de cette facilité de conversation qui donnait à ses paroles les plus mensongères, l'apparence de la franchise ou de l'exaltation. Il finit le bal avec cette veuve. Avec elle il valsa la dernière valse, cette valse d'adieux et de serremens de mains, pour laquelle chacun a retrouvé les forces que la fatigue avait épuisées, cette valse qui tourbillonne enivrée comme l'oiseau frappé au cœur, lorsqu'il s'est élancé vers les cieux pour mourir loin de la terre, où toutes les toilettes sont désordonnées, les poitrines haletantes, les têtes brûlées et folles, où l'orchestre seul vous soutient, où vous ne tournez plus que sur les cordes des violons ou des basses... Agonie délirante de la fête qui va expirer.

Tout-à-coup la musique cessa.... Le bal était terminé.

— Adieu, monsieur, dit Madame de Varennes à demi voix en passant à côté de Manuel qui n'avait point encore quitté sa veuve de vingt ans.

— Ma voiture est à vos ordres, Madame, répondit-il en la suivant avec empressement.

— Avec ou sans monsieur le comte?

— Comme madame le voudra.

— Eh bien! avec Manuel... Donnez-moi mon manteau dit-elle à sa cameriste qui l'attendait sous le vestibule.

XII.

Manuel se plaça en face de Madame de Varennes, mais dans l'angle opposé à celui où elle
s'était assise, voulant éviter jusqu'au contact
fortuit de leurs genoux.

Ils gardèrent un long silence. Manuel semblait enfoncé dans une profonde méditation ; il
cherchait à montrer le côté poétique et romanesque de son caractère ; car il savait bien que

c'était là surtout l'attrait puissant qui avait autrefois séduit Madame de Varennes. A une femme si forte par la volonté et par l'intelligence, il fallait un homme fort par le cœur et par l'imagination ; et cet homme, s'il était vrai qu'il ne le fût plus, il voulait au moins le paraître encore. Aussi, après un regard long-temps arrêté sur l'horizon qui fuyait, il dit d'un ton qu'il s'efforça de rendre solennel :

— Nous nous inspirons des lieux où nous sommes, nos pensées, notre imagination, nos desirs, dépendent le plus souvent des objets qui nous touchent ou nous entourent Toujours à la même place, toujours sur le même pivot, il y aurait dans notre tête la monotonie d'un printemps éternel, ou des orages éternellement grondans..... lorsqu'assis sur les bancs d'un bateau, vous vous laissez aller à la dérive, que l'air est doux, que la rivière est tranquille, que les fauvettes chantent sur ses bords égayés, que les hirondelles baignent leurs ailes dans son eau calme et paisible, que le soleil près de s'éteindre vous envoie des rayons d'amour , caressans comme les derniers regards d'un ami, que tout est silence, repos, immobilité dans la nature, dites-moi, madame, en plaçant la main sur votre front, y sentez-vous fermenter ces grandes et fougueuses images qui le brûleraient si vous étiez emportée par la tempête sur l'Océan bouleversé ?..... Dans cette barque qui vous entraîne insensiblement, vous n'êtes capable que de douces contemplations..... Mais sur les vagues furieuses d'une mer.....

— Bien ! et comment vous inspirez-vous du roulement de cette voiture ? dit Madame de Varennes, en l'interrompant avec un sourire moqueur ; car vous devez nécessairement en arriver là.

— Aujourd'hui je l'ignore, ce n'est pas d'elle que je m'inspirerais. Mais, lorsque j'y suis seul, abandonné à mes impressions, le bruit de ces roues engourdit l'activité dévorante de mon âme, c'est un opium pour mes douleurs morales, je m'y sens bercer et endormir. Les idées ne m'arrivent plus que confuses et indéfinies, tournant sur elles-mêmes, comme ces roues sur l'essieu....... D'autres fois, au contraire, ce bruit m'anime et m'excite, il double les forces de mon intelligence, il me fait atteindre à des extases qui, dans le silence du cabinet sont hors de ma portée..... J'y ai composé tout un poème dont je tenais les chants dans ma main, mais qui s'évanouissait dès que les chevaux fatigués n'obéissaient plus au fouet de mon cocher. Que de beaux rêves, que de fantastiques apparitions j'ai dus à cette voiture !

— Votre voiture vous a rendu d'autres services, Manuel, et vous ne pourriez les oublier sans ingratitude ; à elle appartiennent plus de la moitié de vos succès dans le monde, et les neuf-dixièmes de votre réputation. Un jeune homme, qui a maison montée, de nombreux laquais et voiture, n'est-il pas sûr d'avance d'attirer les regards de la foule ? Chacun ne se demandera-t-il pas son nom, son histoire, et jusqu'à ses habitudes ? Toutes les femmes ne brigueront-elles pas l'honneur d'être distinguées par lui ? Cela n'est flatteur ni pour vous, ni pour nous, mon ami ; mais cela est vrai. Nous avons toutes une sotte vanité à l'épreuve de tous les raisonnemens. Moi, qui fus des premières à reconnaître votre mérite, je ne l'aurais peut-être jamais soupçonné, si vous vous fussiez présenté comme tant de jeunes gens, dont le rôle dans la société est celui des figurans sur nos théâtres.

Mais, debout sur le piédestal de vos cent mille livres de rente, vous avez été en spectacle du premier coup ; et il n'est pas une de ces femmes

descendues au bal en voiture de place, qui, le ma·
tin, en vous voyant fuir dans votre élégant coupé,
n'ait envié le bonheur de fouler aussi ses moël-
leux coussins! Mon ami! cent mille livres de
rente et une voiture! combien sont parties de
là pour s'inspirer en amour! avec une fortune si
brillante, un homme n'est jamais sûr d'être aimé
pour lui-même. Un homme qui a voiture emporte les suffrages de bien des femmes, comme
les roues de cette voiture emportent la boue des
pavés—en les écrasant! Il est bien rare que cet
homme ne soit pas un peu fat; il faut la plus admirable des natures pour résister à cette rude
épreuve. On est trop habitué à éclabousser les
gens qui marchent à pied autour de soi, pour ne
pas se croire moralement aussi supérieur qu'on
est au-dessus d'eux dans la rue.

Pendant que Madame de Varennes se laissait
ainsi entraîner au plaisir de frapper cet orgueil
toujours trop flatté, les traits de Manuel s'assom-
brissaient peu à peu, des rides profondes se creu-
saient des deux côtés de sa bouche; et, soit qu'il
continuât à jouer le rôle qu'il s'était imposé, soit
que les paroles de Madame de Varennes eussent
rouvert une blessure encore mal fermée, il s'é-
cria, en portant sur elle un regard étincelant:

7

—Cela est vrai, madame! mais vous êtes donc impitoyable, vous !

Madame de Varennes tressaillit au son de cette voix dont elle connaissait la vieille expression ; mais maîtresse d'elle - même jusque dans ses frayeurs, elle lui dit avec gaîté :

— Vous vous trompez d'époque, mon ami !

— Cela est encore vrai ! répondit-il ; mais cette fois avec le ton d'urbanité polie et affectueuse qu'admettait une intimité familière.

— A laquelle de ces deux réponses faut-il que je croie, demanda Madame de Varennes.

— A toutes les deux : l'une est un souvenir, et l'autre...

La voiture s'arrêta ; il n'acheva pas, et descendit pour donner la main à Madame de Varennes.

— A demain, dit-il.

— A demain? reprit-elle avec une surprise feinte ou réelle ; à demain? mais oui, je le veux bien ; je n'y vois pas d'inconvéniens.

XIII.

Il est des femmes vertueuses par le cœur, et qui n'ont pas eu la force de vivre sages ; et il en est d'autres qui, sans rendre de culte intérieur à la vertu, en pratiquent cependant avec scrupule les devoirs les plus sévères : ce sont les femmes sages. Le principe de la femme vertueuse est en elle-même ; celui de la femme sage, dans la loi sociale, qu'elle subit souvent en l'accusant d'injustice, mais comme le droit du plus fort. Que toutes les deux succombent au même moment et dans les mêmes circonstances : l'accusateur de la première est dans son cœur ; celui de la seconde dans le public, dans son entourage, dans sa famille, et seule elle a la chance de lui échapper. La sagesse, c'est la prudence ou l'inertie ; la vertu, la conscience ou l'exaltation. Ne pourrait-on pas dire aussi que la vertu de la femme sage, c'est l'honneur ?

Et cette vertu avait été celle de Madame de Varennes ; sa conscience avait été tout entière dans sa réputation. D'ailleurs parfaitement raisonnable, défendue contre tout entraînement, autre que celui de la colère, elle avait pu, jusqu'au jour où Manuel lui fut présenté, croire sincèrement à son infaillibilité ; mais Manuel, en lui imposant de l'enthousiasme, éveilla son imagination et ses sens ; il fit son âme capable de faiblesse. Devait-il aussi l'élever jusqu'à la vertu ?...

Lorsque dans le sanctuaire de la chambre à coucher, Madame de Varennes eut déposé son diadème de perles, ses agraffes de diamans, et sa robe de gaze, que ses épaules et son sein ému ne furent plus comprimés sous la baleine, qu'elle eut ren-

voyé la jeune fille dont les soins l'avaient aidée,
— les bras et la gorge nus, les cheveux dénoués
et flottant autour du cou, elle s'avança sur le
balcon, et s'y enivra amoureusement de la brise
de la nuit

Les nuages avaient été chassés du ciel, les
étoiles pâlissaient sur son azur déjà blanchi par
les premières lueurs du crépuscule du matin...
mais pourtant rien encore sur la terre n'annonçait le retour du jour; c'était seulement la dernière heure de la nuit, celle que les amans ont
consacrée aux baisers d'adieu, et qui passe si
vite, et si doucement employée... La lune était
presque tombée à l'horizon; et les ombres qu'elle
projetait, vaguement dessinées, ressemblaient de
loin à de grands fantômes prêts à s'évanouir. On
n'entendait d'autre bruit que le chant mélancolique et soupirant de l'orfraie, reposée sur la cime
des chênes centenaires.

On eut dit que Madame de Varennes avait repris, à côté de Manuel, je ne sais quel charme
de poésie fraîche et jeune qui la ramenait à ses
illusions de dix-huit ans. Ce ciel, cette lune, ces
arbres, ces fleurs, lui parlaient un langage depuis long-temps oublié; mais dont elle se rappe-
lait maintenant les adorables mystères. Depuis

son retour à la vie positive, jamais son imagination n'avait ainsi animé les objets extérieurs qui l'environnaient..... Sa tête s'exaltait, ses yeux se remplissaient de larmes, qui tombaient goutte à goutte et voluptueuses ; ses lèvres baisaient le souffle embaumé de l'air qui venait la caresser ; sa poitrine était pleine d'émotions ; son sein tressaillait sous les ondes de ses cheveux..... Il lui semblait qu'elle volait sur l'aile des vents, et qu'enivrée de leur chaude haleine, elle se sentait défaillir sur ses jambes tremblantes ; que tout disparaissait à son regard troublé, et qu'elle se mourait au sein d'un nuage, accablée d'un bonheur jusqu'alors inconnu.

Elle quitta le balcon, et se traîna jusqu'au lit préparé pour la recevoir. Un bras passé sous sa tête, à moitié éclairée par les derniers rayons de la lune, elle s'endormit dans le vague des sensations qui l'avaient agitée...

Elle crut voir Manuel debout auprès de son lit — Manuel triste, ennuyé, pâle, fatigué, mais beau, mais fier, mais plein de poésie. Leurs regards ne se quittaient pas, et de la bouche de Madame de Varennes sortaient ces phrases incomplètes dont chaque mot répondait à chaque battement de son cœur, sur lequel la volonté ne pouvait plus veiller :

Vous ne me haïssez donc pas?... J'ai été heureuse à côté de vous, dans ce bal.,. Vous étiez bien froid, vous!... Il est si indifférent à la vie... Athée! il doute de tout, il doute de lui-même... mais je l'aime ainsi... Je lui rendrai ses illusions... Il a un noble front, et des cheveux noirs si doux!...

Le jour qui surprit Madame de Varennes dans ce délire, la glaça tout-à-coup en la réveillant. Elle se reprit bien vite à la raison. Elle reconnut sa chambre, son lit, elle-même .. — O folle que j'étais, dit-elle en se rendormant...

A dix heures elle était levée. Elle fit appeler Ludovic.

— Eh bien! avez-vous pu voir la suscription de ces lettres? lui demanda-t-elle, dès qu'il se présenta.

— Oui, madame, cela m'a été facile, répondit-il en se tenant debout devant elle, dans cette attitude humble et respectueuse du subordonné qui comparaît devant son supérieur.

— Mais asseyez-vous donc, Ludovic... A qui sont-elles adressées?

— A M. Jules Bernard, à Paris.

— Jules Bernard! dites-vous.

— Jules Bernard, madame.

— Et lui a-t-il écrit souvent?

— Deux fois, seulement.

— Il ne m'a vue que deux fois... O ! il s'est agi de moi dans cette correspondance... Jules Bernard est un de mes ennemis déclarés, un homme dont j'ai repoussé l'amour avec dédain... Jules Bernard! ô il se trame quelque complot contre mon repos... Il n'est pas prudent de croire sans examen à la soumission apparente de Manuel... Cette amitié qu'il m'a offerte n'est peut-être qu'un piège...

— Il est plus intéressé à votre silence, que vous ne l'êtes au sien, madame, et.....

— Je veux savoir la vérité, toute la vérité sur lui. Elle est trop importante à connaître... Ludovic, vous êtes mon ami?

— Jusqu'à mon dernier souffle, madame.

— Eh bien! j'ai un service à réclamer de votre amitié.

— Vous pouvez commander, madame. j'ai été par vous recueilli, lorsque...

— Ne parlons pas de cela... Mais écoutez,

Ludovic, il faut... il faut partir... Dit-elle avec hésitation et d'une voix agitée.

— Ah! voilà le service...

L'étonnement et l'émotion ne lui permirent pas d'achever.

— Oui, mon ami, cela est nécessaire, reprit Madame de Varennes, il faut partir, Ludovic, partir pour Paris... Il faut y voir Jules Bernard, vous lier avec lui, connaître les intentions de Manuel, en vous emparant de ses lettres, à quelque prix que ce soit... Eh bien! vous ne répondez pas... vous hésitez.

— J'hésite à vous quitter... Pendant l'absence de votre mari,... j'étais votre seul protecteur... et quand je ne serai plus là...

— Vous reviendrez bientôt, répondit Madame de Varennes, attendrie par ce dévouement.

— Vous le voulez donc?

— Il le faut, mon ami.

— Eh bien! je partirai, madame.

— Demain?

— Demain.

— Merci, Ludovic... Vous allez tout préparer pour ce départ?

— J'y cours, dit-il en sortant après avoir jeté sur elle un regard affectueux et plein de tristesse.

— Ah! si jamais un homme fût digne!.....
pensa-t-elle... Mais, non. J'ai bien fait de l'é-
loigner. Ce départ est plus nécessaire à son repos
qu'au mien; car, le malheureux... Ah! mon
Dieu, à quel âge une femme peut-elle donc espérer qu'un homme se contentera du titre de son
ami ? —

XIV.

Veillant silencieux et triste auprès d'une lampe romaine, l'esclave avait long-temps attendu son maître. Mais à la fin le sommeil l'avait vaincu, et il dormait lorsque Manuel rentra.

Il dormait sur une natte en paille d'Italie, étendue en avant du lit, car il avait voulu que Manuel ne l'oubliât point au retour du bal. Detto dormait, les jambes ployées sous lui, les bras croisés sur sa poitrine, la tête reposée sur le chevet.

Manuel sourit en le regardant. La vue de cet enfant lui faisait toujours du bien... Il y avait entre eux un lien plus puissant que celui des sens, mais qu'on chercherait vainement dans les nuances si variées des amours et des amitiés. C'était je ne sais quel attrait magnétique, comme les baisers des fleurs et le mélange de leurs parfums. Manuel jouait avec cet enfant, il le grondait, il l'excitait, il l'appaisait, il le faisait rire et pleurer, mais sans y songer, sans intelligence, redevenu enfant avec cet enfant.

— Dors en paix bonne créature, lui dit-il, non je ne te réveillerai pas. Pour toi et pour moi, cette nuit sera une nuit sans volupté.

Un léger frémissement agita les lèvres de Detto, comme s'il avait entendu ces paroles, ou qu'il eût deviné la présence de Manuel; mais ce frémissement était dû sans doute à quelque songe heureux dont son tranquille sommeil était embelli, et il continua ce songe, quel qu'il fût.

Manuel ne le troubla point : il se déshabilla sans bruit, et avec la précaution extrême de la jeune femme qui se couche auprès du berceau de son premier né avec peine endormi.

Manuel s'était fatigué au bal; mais de cette fatigue qui vous aiguillonne et vous anime en vous faisant incapable de repos. En vain il fermait les yeux, en vain il se cachait le front sous son drap,.... Madame de Varennes, la veuve de vingt ans, le bal, l'orchestre, passaient et repassaient devant lui irritantes apparitions..... Madame de Varennes surtout! ô comme il s'applaudissait de l'avoir vue si belle et si admirée! ô comme il la trouvait digne de sa vengeance! Et lorsque, grâce à l'opium, ses paupières cuisantes se réunirent enfin sous le poids de cette somnolence — dont Eugène Sue nous a fait un si poétique tableau dans la mort de son pirate Brulard, — Manuel rêvait encore Madame de Varennes; mais lui aux pieds de Madame de Varennes, sans haine et sans colère au cœur.

Aux premiers rayons du soleil, Detto se réveilla en sursaut; et voyant son maître endormi, qui l'avait laissé là, le dépit serra ses lèvres et rapprocha ses sourcils..... Mais à ce premier sentiment irraisonné en succéda un autre plus humble, et qui convenait mieux à la position de Detto, payé très-généreusement pour ne jamais dire : — *Je veux*, ou *je ne veux pas!*

Il était une heure après midi, lorsque Manuel

sortit enfin du sommeil factice que lui avait donné l'opium. Ses premiers regards rencontrèrent les regards de Detto fixés sur lui. Detto était triste et pâle. Il courait autour de sa bouche un frisson comme celui qui précède la fièvre, et deux bandes noires semblaient un voile de deuil aux bords de ses yeux, toujours si brillans.

Manuel lui présenta sa main à baiser. Detto s'en saisit avec un avide empressement, et Manuel crut y sentir la chaleur humide d'une larme longtemps arrêtée ; mais quand Detto releva la tête, son œil était sec, et Manuel ne put lui reprocher la violation du contrat, dont l'un des premiers articles avait interdit l'usage des larmes à Detto.

— Detto, lui dit-il, tu commanderas à Williams de mettre mes deux chevaux noirs à mon coupé anglais. Va, enfant, je suis pressé ; j'ai une visite annoncée pour deux heures.

Et il fallut bien que Detto obéît sans murmure, et avec un sourire dans ses yeux qui voulaient pleurer.

XV.

Depuis une heure au moins la voiture de Manuel était arrêtée à la porte de Madame de Varennes. Le cocher avait quitté son siége, avait
sifflé, avait repris son siége, et puis s'était endormi en désespoir de cause. — Le sommeil à
volonté est une des conditions *sine quâ non* du bon
cocher.

Manuel avait trouvé Madame de Varennes dans

le fauteuil où elle était assise le jour de sa première visite. Elle lisait un volume de *Cinq-Mars*,
le meilleur de nos romans historiques, et l'une
des plus belles gloires que la restauration nous
ait laissées.

Ils parlèrent du bal, de la campagne, des
fleurs, de la mer, des fleuves et des rivières, —
inappréciables lieux communs, et phrases ban-
nales, qui, semblables à des boulets perdus, an-
noncent seulement que l'ennemi est en présence,
et que l'on s'observe des deux côtés.

La conversation commença donc languissante
et sans intérêt. Mais après une heure de fausses
attaques, elle s'anima tout à coup. . . . . .

. . . .

— Oui, madame, ajouta Manuel, en portant
à ses lèvres la main de Madame de Varennes, s'il
est au monde un bien qui soit digne du ciel et
qu'on puisse y regretter, ce bien c'est l'amour.

Madame de Varennes retira sa main en souriant :

— L'amour ! répondit-elle, c'est de l'amitié
mal placée.

— Vous ne pensez pas un mot de ce que
vous dites là, répliqua Manuel, en reprenant sa
main.

Elle le regarda quelques instans avec attention, comme si ses yeux bleus, ainsi fixés sur lui, avaient voulu le soumettre à leur inévitable inquisition. Manuel soutint intrépidément ce regard.

— Manuel, vous me faites la cour ce matin, dit-elle, et je ne veux pas que vous me fassiez la cour. Non certes qu'une conquête telle que la vôtre soit à dédaigner, mais parce que je dois à votre amitié de la prévenir que je suis trop vieille pour croire à tous les mensonges sur lesquels repose le rêve éphémère des passions.

Manuel tressaillit en écoutant ces paroles, qui furent prononcées avec une grande apparence de conviction.

Mais Madame de Varennes, qui ne voulait pas le *désespérer*, ajouta :

— Et puis, Manuel, songez qu'une femme que vous auriez peut-être gagnée à Paris, où l'exemple est si encourageant et le scandale presque impossible, vous échappera dans une petite ville de province qui a des mœurs, et dont chaque habitant se croirait le droit de lui faire payer, par son mépris, le bonheur si douteux qui dépend de votre constance et de votre fidélité : car, voyez-vous, mon ami, il faut toujours s'attendre à ce

8

que le secret de nos sentimens soit connu... Si vous, homme d'honneur, vous le gardez au fond de votre cœur, enseveli et intact, nous, femmes exaltées, jalouses, imprudentes, nous le trahirons de nous-mêmes. Et n'est-ce pas une insigne folie, de compromettre vingt années qui nous restent pour quleques mois de félicités orageuses?

— Ah! madame, vous n'avez jamais aimé, et vous n'aimerez jamais! s'écria Manuel avec une demi colère, presque risible.

— Qui sait? répondit Madame de Varennes, en se penchant vers lui avec un sourire qui semblait réfuter les froides paroles contre lesquelles Manuel s'était révolté. — Qui sait! ô mon Dieu, il ne faut jurer de rien. Mon heure peut sonner d'un moment à l'autre, car il est une heure à laquelle aucune femme ne doit échapper. Mais je me tiens sur mes gardes.

— O cela est inutile, madame. Je vous garantis que vous n'avez rien à craindre. Vous devez être femme à n'aller jamais au delà de votre volonté; votre cœur serait bien fin s'il vous faisait sa dupe. Tant mieux pour vous après tout. Cela vaut mieux qu'une exagération de sensibilité, qui aurait pu aussi vous conduire à là.....

Il n'acheva pas ; mais Madame de Varennes
devina sa pensée en le voyant s'arrêter tout troublé au milieu de cette phrase incomplète ; et à
son tour, lui prenant la main d'où la sienne s'é-
tait échappée, elle dit :

— Je vous en prie, Manuel, ne me regardez
pas ainsi ; il y a dans vos yeux une expression
qui me fait peur.

— Vous cependant, madame, vous n'avez pas
à craindre un coup de poignard.

— Est-ce que de tous les dangers qui menacent
une femme, vous croiriez que c'est celui qu'elle
redoute le plus ?

— Voilà, madame, une réponse qui nous ré-
concilie, répondit Manuel, en lui serrant la
main.

Et il ne resta plus sur son front que cette teinte
pâle et sérieuse, reflet d'une âme ouverte à toutes
les émotions fortes, et déjà presqu'usée à leur
contact.

— Eh ! puis-je vous en vouloir, reprit-il, de
ne pas comprendre l'amour, comme je l'ai compris ? J'ai là dessus des idées si bizarres ; je m'étais
fait une théorie si différente des théories générα-
lément reçues. Pour vous, l'amour n'est qu'une
ridicule distraction.....

— Manuel , un seul mot et je vous écoute. Une femme a deux manières de raisonner, et toujours avec franchise; cela dépend du point de vue où elle est placée. Telle qui vous a parlé de l'amour avec dédain, soumise à cet amour, n'avait plus le même langage, n'est-il pas vrai ? La plupart, tant que nous sommes, nous faisons d'avance notre condamnation, parce que nous ne voyons jamais l'avenir que dans le présent, et que notre indifférence d'aujourd'hui est pour nous follement le gage de notre indifférence de demain.

— Et que faut-il en conclure ? demanda Manuel avec un sourire plein d'espérance.

— Ce que vous voudrez , répondit-elle d'un ton léger et insouciant, en ployant avec distraction un papier qu'elle tenait entre ses doigts.

Manuel fit un mouvement comme pour sortir , irrité de cette coquetterie qui glissait autour de lui, et s'échappait d'un bond, quand il était près de la saisir.

— Restez encore, Manuel , lui dit Madame de Varennes en le retenant, restez vous me ferez plaisir.

Et il vint se rasseoir devant elle, n'ayant déjà plus la force de lui désobéir.

Comme il était silencieux et qu'il semblait un peu embarrassé, Madame de Varennes lui dit :

—Est-ce que par hasard, vous seriez timide, Manuel ? ô quand vous me le jureriez à genoux, je ne le croirais pas... Allons mon ami, du courage! Parlez moi de votre théorie dont j'ai mal a propos interrompu le développement. Vous ne pouvez douter du plaisir avec lequel on vous écoute, vous qui ne parlez jamais froidement. C'est sans flatterie que je vous le dis : il faut avoir une bien ferme volonté d'être de son opinion pour ne pas se rendre à la vôtre. Vous avez une éloquence qui persuaderait.....

—Tout le monde, excepté Madame de Varennes.

—Madame de Varennes n'en prendrait pas l'engagement répondit-elle avec un soupir.... Mais voyons, voyons, votre théorie.

—Je sens maintenant que je n'aurai jamais l'intrépidité de vous la dire, mais je l'écrirai, si vous le voulez.

—Oui, oui! et sur le champ. Voilà une table, de l'encre, du papier ; à l'ouvrage, philosophe! la peine ne sera pas perdue. Nous ferons imprimer cette théorie à cent exemplaires, destinés aux cent meilleurs ménages de Paris, et je vous réponds, quoiqu'en puissent dire les mauvaises langues, que nous aurons l'embarras du choix.

Manuel écrivit et Madame de Varennes se plaçant derrière lui, lut tout haut :

XVI.

« Si j'avais à choisir je voudrais qu'*elle* eût au moins vingt-cinq ans accomplis. »

— Et pour limite quel âge? demanda Madame de Varennes.

— La réponse serait difficile, madame, car il en est qui passent trente ans avec des chances bien différentes. On en voit dont le règne ne va pas jusque là, mais on en voit d'autres aussi qui le poursuivent avec gloire fort long-temps après.

Trente ans! c'est un port de refuge d'où l'on ne sort que malgré soi ; et j'en connais qui s'y sont maintenues pendant dix années avec l'approbation générale. Ainsi donc vingt-cinq ans pour point de départ.

Il continua d'écrire.

« Il faudrait aussi qu'elle fut mariée. J'ai
» horreur des filles, jeunes ou vieilles. Les filles
» n'aiment que l'amour, les femmes mariées
» seules aiment leur amant. Chez les filles vous
» rencontrerez infailliblement du mariage pour
» conclusion à leurs sentimens les plus désinté-
» sés, et je n'oublierai jamais ce vers de Byron
» qui dit : *L'hymen naît de l'amour, comme le vi-*
» *naigre naît du vin*—avec cette différence, selon
» moi, que le vinaigre peut avoir été produit
» par d'excellent vin, tandis que l'hymen ne
» peut venir que d'un amour vulgaire. »

— Vous ne vous marierez jamais, Manuel!

— Non jamais Madame!

Il continua.

» Je veux donc qu'elle soit mariée, mais je
» veux aussi qu'elle ait un mari digne d'être
» aimé, et qu'elle *aime* ce mari. Je veux que son
» entourage soit honnête, et que ses enfans oc-
» cupent dans son cœur, la place que la nature

» a donnée aux enfans. Je veux qu'elle croie à
» la vertu, et qu'elle ne la regarde pas comme
» un joug arbitrairement imposé par la société,
» parcequ'alors, quand elle aura abandonné
» la vertu, quand elle aura risqué l'estime et
» l'amitié du mari qu'elle honore, les respects
» du monde dont elle est vénérée, sa mémoire
» qu'elle devait conserver pure à ses enfans...
» et tout cela à cause de moi... ô alors moi je
» serai sur de son amour, et je ne craindrai pas
» de me livrer au délire que le sien m'aura ins-
» piré. Nul besoin de protestations, de sermens,
» d'épreuve! en venant à moi, cette femme à
» tant sacrifié que je dois être un dieu pour elle
» de toute nécessité, car c'est à Dieu seul qu'on
» sacrifie ainsi! mais celle qui est délaissée par
» un mari libertin, qui est outragée par ses in-
» famies, qui ne rencontre que malédiction
» sous le toit conjugal, celle-là saisira avec
» avidité, la main qui se présentera pour la
» soutenir dans le malheur de ses affections. Moi
» ou un autre, que lui importe? Ce n'est pas
» *moi* qu'elle a recherché, c'est un protecteur.
» Qu'il soit homme aux émotions profondes, à
» l'imagination exaltée et poétique, ou bien qu'il
» soit homme positif, calculateur, symétrique et

» compassé; elle ne s'en sera point inquiétée.
» Il est bon, généreux honorable, cela lui suffit ;
» le marché a été conclu. C'est un second ma-
» riage que n'a pas sanctionné l'officier de
» l'état civil, mais destiné à réparer les désas-
» tres de l'autre. Je le répète, moi ou un autre
» il lui en fallait un. C'est au hasard que je
» dois la préférence. Je suis arrivé le premier,
» sa conquête a été le prix de la course.
» Mais il n'en sera point ainsi avec celle que
» j'ai été prendre dans la paix du bonheur do-
» mestique... Je puis croire au moins, à cette
» sympathie des âmes qui s'attirent par un
» charme invisible et immatériel. Je puis croire
» que sans moi, cette femme fut toujours restée
» pure, qu'elle l'a toujours été et qu'elle l'est
» encore, car mes baisers ne la profaneront ja-
» mais à mes yeux. Que de considérations foulées
» aux pieds pour arriver à moi, que de remords
» combattus! pour le ciel où je l'ai conduite et
» dont elle redescend si vite, quel abîme prêt à
» s'ouvrir à la moindre imprudence! les autres
» passent hardiment à côté du scandale. Mais elle,
» le scandale la tuerait. Avec son amour, c'est
» son honneur, sa vie tout entière, qu'elle m'a
» donnés. Passé, présent, avenir, tout repose sur

» un geste de son amant. Elle s'est livrée à lui
» pieds et mains liés. O c'est ainsi que je com-
» prends le culte d'une maîtresse, ainsi que j'ac-
» corde à une femme de ne pas mentir quand
» elle me dit : je t'aime ! Et puis cet amour
» est un mystère dont personne ne devinera les
» délices. On n'ira pas soupçonner un amant à
» cette femme si heureuse au foyer de la fa-
» mille. Son mari la protége de tous les
» égards qu'il a pour elle. Moi je n'ai ja--
» mais ajouté foi à ces passions que tout le
» monde savait par cœur. Je n'aimerais pas dix
» jours la femme dont chacun connaîtrait le secret
» aussi bien et mieux que moi. Mais quel bon-
» heur, madame, lorsqu'en voyant paraître
» votre maîtresse, celle qui est toute à vous,
» celle qui a rejeté pour tomber dans vos bras,
» ce manteau de sagesse et de pudeur sous
» lequel son mari l'avait reçue enveloppée par
» les soins de sa mère, quel bonheur d'entendre
» chacun s'écrier : — Elle n'a jamais manqué
» aux devoirs qu'elle avait juré de remplir !
» heureux maris ! heureux enfans !... — O mais
» cela double le prix de son amour, car l'estime
» dont nous environnons une femme, dépend
» toujours de l'estime que le monde lui accorde. »

— Lisez la réponse à cette déclamation, dit dame de Varennes en présentant à Manuel un livre ouvert.

Manuel lut :

« *Avez-vous jamais songé, que votre maîtresse*
» *sortira souvent de vos bras pour passer dans les*
» *bras de son mari, que ses lèvres toutes brulantes*
» *des baisers de vos lèvres devront aussi recevoir*
» *les baisers de ce mari... le mari est maître ab-*
» *solu ; il commande et on obéit.*

» *Ah! la société a été bien injuste de l'avoir ridi-*
» *culisé dans cette circonstance, car c'est à lui que*
» *le beau rôle appartient. Vous, l'amant de sa*
» *femme, vous êtes forcé à chaque instant de vous*
» *humilier devant lui. Pour le tromper, il faut*
» *que vous vous fassiez l'esclave de ses caprices, il*
» *faut que vous ayez toujours de l'esprit pour lui*
» *plaire ; vous êtes condamné à l'amuser, et à lui*
» *demander hypocritement dans chacun de vos re-*
» *gards la grâce d'être toléré par lui. Et bien*
» *mieux, si ce mari est honnête homme, vous le*
» *respecterez et vous l'aimerez, sa femme l'entoure-*
» *ra de soins et de prévenances, et comme l'amour*

» *n'est plus là pour le tourmenter avec ses jaloux*
» *soupçons, comme l'amour s'est enfin endormi*....

— Assez dit Madame de Varennes en fermant
le livre, la conclusion doit être épouvantable,
je ne veux pas l'entendre.

Manuel se passa la main sur le front à plusieurs
reprises; et levant et détournant la tête en face de
Madame de Varennes, qui était appuyée sur le
bras de son fauteuil, il lui dit : — Ah ! Madame
vous venez de détruire un bien beau rêve, et
pourtant cela ne saurait être autrement.

— Il ne vous resterait, répondit-elle en riant
que la ressource de vous adresser aux veuves....
mais aussi pourquoi vous faut-il de l'amour ?
que ne vous contentez-vous de notre amitié!
l'amitié d'une femme est un trésor d'un prix
inestimable ; elle est toujours bien plus intime
que l'amitié d'un homme. Que de confidences à
une amie, qui sont reçues sérieusement et avec
bonté, et pour lesquelles un ami vous rirait au nez.
Vous voulez toujours conserver une certaine dignité devant un homme; devant un homme, quelque lien qui vous attache à lui, vous n'osez ni
pleurer, ni vous attendrir, ni vous montrer faible
et pusillanime ; il y a toujours de l'orgueil en
face l'un de l'autre...

Manuel l'écoutait tristement : elle ajouta avec douceur :

— Les amitiés d'homme à femme, sont de l'amour moins les sensations. On peut en quelque sorte prévoir le terme de l'amour, tandis que l'amitié n'est pas de sa nature essentiellement périssable. Elle est éternelle ! Mais l'amour du cœur lui-même, toujours enchaîné au joug des sens doit nécessairement finir quand les sens finissent.

Madame de Varennes et Manuel se touchaient. Leurs bouches s'étaient rapprochées, et les dernières paroles qu'elle prononça arrivèrent à lui, avec son haleine fraiche et suave.

— O sans doute, madame, répondit Manuel avec une voix merveilleusement accentuée, sans doute l'amitié d'une femme comme vous, doit être un don du ciel, mais quel homme pourrait s'arrêter à cette amitié, quand il l'aurait une fois obtenue !

— Vous Manuel !

— Moi madame... Ah ! je craindrais...

— Je crois que votre théorie est terminée, lui

dit-elle en riant, adieu et partez.... Votre voiture est à ma porte et peut attester à tous les habitans de Sarnen la durée de votre visite.

Elle alla se rasseoir dans son fauteuil et Manuel la quitta.

XVII.

Williams rêvait les tavernes de Londres, et les grosses joues de l'hébé britannique, qui lui versait d'une main prodigue le nectar *carbonisé*, vulgairement appelé bierre mousseuse.... Il rêvait encore le divin rosbif national, et les glorieux combats de coqs, il rêvait John-Bull se promenant par un beau jour de fête, ou religieusement attentif autour des fourches patibu-

9

laires de Tyburn, — rêves dorés de George
Williams! lorsque Manuel, d'une voix dure et mé-
contente, le rendit à la réalité de sa vie positive
et présente, c'est-à-dire aux fonctions de cocher
fashionnable, payé cinquante louis par année,
pour courir tous les trains, à toute heure, et par
tous les temps, au premier signal de son seigneur
et maître.

Manuel s'était long temps posé devant lui-
même: il s'était créé un rôle dont il était devenu
la dupe de très bonne foi. Il représentait sérieusement aujourd'hui cette jeune génération qui, tout
impregnée de Shakspeare et de Schiller, par la
gravité ou la rêverie empruntée de sa démarche,
se donne l'air de porter un monde de pensées ou de
crimes dans sa tête.—Génération d'ailleurs qui af-
firme la légitimité de ces crimes quand on est parvenu à les environner de certaines circonstances
qui les dramatisent :—génération qui est retournée
aux croyances religieuses pour ne pas nier l'enfer,
accepter la parenté avec Satan et prendre un
front flétri *d'ange déchu* : — Qui fait fi de la vie
paisible et des formes régulières de l'existence,
mais adore la liberté hurlant au pied d'un écha-
faud, ou le despotisme endormi sur des cadavres.—
Génération pour qui l'amour sans l'assaisonne-

ment du crime n'est qu'une fade plaisanterie, mais
qui enlèvera avec une poëtique fureur la
vierge aux mains de sa mère mourante , ou mieux
encore achèvera la honte d'une femme sur le
cercueil de son mari tué en duel. —Génération
qui ne rit jamais que dans l'orgie échevelée ,
n'admire que les ruines, le sang, l'incendie!
génération de Nérons au petit pied qui respirent
avec délice les parfums de la rose sur une tour au
milieu de Rome en cendres... Génération enfin qui
méprise souverainement —cela est sacramentel
—toutes les gloires des deux siècles qui nous ont
précédés.

D'abord Manuel dut professer cette théorie de
l'ultra-romantisme comme une mode nouvelle sans
y croire et sans l'adopter ; mais elle eut bientôt le
sort des mensonges souvent répétés ; elle devint
article de foi pour lui-même ; et après l'avoir
portée comme on porte un habit, il se l'identifia.

D'ailleurs, il était malheureusement arrivé à
trop bien réaliser son héros de roman. Ce
n'était certes pas le sang qui manquait à la vérité de son rôle, et ce sang il l'avait répandu
sans violer une seule des convenances dramatiques. Aussi, il se reconnaissait orgueilleuse-
ment pour un *maudit*. Mais , comme chez lui le

crime n'avait pas été volontaire, il en accusait la Providence, et se croyait le droit d'être en pleine révolte contre sa justice éternelle.

Cette lettre, écrite à Jules Bernard en quittant Madame de Varennes, par le désordre et l'exagération du style et des idées, expliquera mieux que nous ne pourrions le faire, ce qu'il y avait maintenant de réel dans le personnage dont il avait d'abord seulement emprunté la physionomie :

« O je m'étais trompé, Jules ; cette femme
» n'est pas vaincue : il s'en faut, il s'en faut de
» beaucoup. Elle me combat par tous les charmes
» de son esprit, par toutes les séductions de son
» insaisissable coquetterie. Elle m'attend de pied
» ferme sur tous les champs de bataille ; et au
» moment où je me crois prêt à l'écraser, je la
» retrouve derrière moi qui me tend la main, et
» me force à la baiser humblement. Je suis sûr
» qu'elle n'a pas encore une seule fois trahi sa
» pensée, et peut-être qu'elle est déjà maîtresse
» de la mienne.

» Je me prends à frissonner devant la conclu-
» sion de tout ceci ; et j'en suis à me demander
» si j'aurai la force d'arriver jusque là, si l'enfer,
» de qui je relève, le permettra. Ah ! il est facile

» sans doute d'esquisser un crime au crayon ;
» mais on peut s'arrêter un instant quand il faut
» le colorier avec du sang... Eh ! mais il n'est pas
» question de sang... il ne s'agit que d'infamie...
» lequel préférerait Madame de Varennes !... Je
» l'estime assez pour dire que son choix ne serait
» pas douteux. Elle est brave, cette femme ! Sais-
» tu qu'elle n'a pas reculé une seule fois... Et
» pourtant si je ne parviens pas à la séduire, —
» séduire est une expression inconvenante ; on
» ne séduit pas une femme de trente ans... on
» la... trouve le mot ; il m'échappe. — Eh bien !
» si ce n'est pas elle qui succombe, si c'est moi,
» au contraire, que me resterait-il à faire, Jules ?
» car il faut que Louise soit vengée ; il le faut,
» n'importe à quel prix..... Je n'ai jamais senti
» un tel cahos dans ma tête... Il me semble que
» je rêve, qu'autour de moi et en moi il n'y a rien
» de réel et de vrai, que tout est fantastique et
» imaginaire. Ce papier danse sous mes yeux,
» cette plume *trébuche,* cette encre, elle est rouge,
» fumante..... Ah ! voilà qui n'est point men-
» songe ! mes habits furent souillés de leur sang
» mêlé ensemble, auquel manquait le sang de
» Manuel... Il en jaillit sur mes cheveux, sur
» mes lèvres, dans ma bouche ; je crois en avoir

» bu ! et c'est lui qui brûle éternellement la place
» où était mon cœur. Ah ! si tu savais, ami,
» quel horrible supplice. . . . .

. . . .

. . . .

» As-tu jamais rendu visite à une jeune femme
» le matin d'une nuit qu'elle avait passée au bal ?
» Il y a dans toute sa personne une expression
» mêlée de plaisir et de fatigue, un parfum de
» fête et de poésie, quelque chose de doux et de
» vaporeux, comme le charme du souvenir...
» Madame de Varennes était plus belle encore
» ce matin, et puis sa beauté était plus intime,
» plus recueillie ; elle avait je ne sais quel attrait
» qui n'eut pas été à la portée de tout le monde,
» qui n'existait qu'entre nous deux, qui semblait
» n'être que pour moi seul..... O toi, qui l'as
» tant désirée cette femme, si tu avais été près
» d'elle ce matin à ma place... — qu'aurais-tu
» fait, s'il te plaît ? »

Manuel brisa sa plume avec colère. Le sang
était monté à son front toujours si pâle ; il s'effraya de ce qu'il venait d'écrire, et n'acheva pas
cette lettre.

Il sonna. Detto parut.

—Mes chevaux à ma voiture de voyage; que tout le monde s'apprête. Je pars.

— Aujourd'hui?

— A l'instant.

— Pour toujours?

— Je ne sais.

XVIII.

Connaissez-vous quelque chose de plus triste que le premier jour dans une chambre d'auberge ?

Dans la chambre où vous avez coutume de dormir, de vous réveiller, de penser, de souffrir, d'être gai, d'être triste, tout vous est familier, tout vous est ami. Ce lit, il vous est cher pour le repos qu'il vous a donné, il vous est cher même pour vos insomnies. Sur cette table ont été écrites

vingt lettres d'amour, ont été commencés dix
chapitres d'un livre qui n'est pas terminé; sur
cette table vous avez lu Byron ou Schiller, vous
avez rêvé gloire et poésie! Et ce fauteuil — ce
fauteuil surtout où vous êtes resté assis des heures
entières en face de votre foyer, les mains sur le
front, ou le front sur le marbre de la cheminée,
la tête pleine de folie, d'enthousiasme, de chi-
mères, qui vous transportaient enivré dans un
monde de fantaisie et de délices;... et puis ce lit,
cette table, ce fauteuil, tout cela est à vous, à
vous sans partage, comme l'odalisque d'un sultan
gardée par deux cents eunuques. Mais une chambre d'auberge, une chambre à tout le monde,
une prostituée qui se vend au premier venu!!
Savez-vous bien qui s'est couché la veille dans ce
lit, aujourd'hui préparé pour vous! cet oreiller
est encore tiède du sommeil de... de qui? O je
conçois que l'imagination puisse embellir le doute
de toutes les grâces de la plus ravissante réalité... Que vous vous représentiez couchée la
veille sur ce lit une jeune femme à la peau blanche, aux joues soyeuses, aux formes amou-
reuses....... mais y était-elle seule? Eh! mon
Dieu, peut-être qu'à la place de cette fantastique
créature, quelque rustre au visage épais, aux

cheveux plats et rudes... oui là dans ce lit, sur
ce même oreiller..... O comme alors, regardant
ces meubles fanés, ces tableaux de pacotille, ces
lambris enfumés, vous vous écriez avec amertume et douleur : — Ma chambre! ma chambre!

On avait pourtant donné à Manuel la plus
belle chambre de la *Croix d'Argent*, la plus belle
auberge de..., petite ville à six lieues de Sarnen.
L'air était frais; il était tombé une pluie battante
chassée par un vent furieux. Manuel se fit faire du
feu — un bon feu. Le feu est une distraction. En
hiver le feu est notre meilleur ami. C'est un port
à l'abri de bien des orages. Heureux qui a jeté
l'ancre sur ses tisons !

Manuel était suivi de presque toute sa maison.
La fortune du maître parlait d'elle-même à travers l'insolence des valets. Son hôte se prosterna
presque devant lui. C'est toujours la livrée qui
donne à l'aubergiste la mesure de sa *politesse*.
Manuel le regarda à peine, et ne lui répondit
pas. Il existait des gens pour lesquels il n'avait que
de l'or, jamais une parole. Avec ces gens-là, l'un
lui coûtait moins cher que l'autre. Eux ne s'en
trouvaient pas plus mal payés.

On lui servit à souper : il mangea à peine.
Detto se tenait debout en face de lui, épiant sa

pensée dans son regard, dans les plis de son
front, et jusque dans le mouvement de ses lèvres.
En le voyant silencieux et triste, l'esclave restait
aussi triste et silencieux.

Pourtant, lorsque Manuel se fut assis auprès
du feu, le coude sur ses genoux et la tête dans
ses mains, Detto s'approcha timidement et passa
les doigts dans ses cheveux, qu'il baisa.

Manuel le laissa faire — ou peut-être ne l'a-
perçut-il pas. C'était parfois un homme si pro-
fondément occupé dans une idée, que hors de
cette idée, le monde entier n'existait plus pour
lui.

Enhardi par cette tolérance, Detto entoura son
cou de ses deux bras, et lui dit :

— Es-tu malade ? veux-tu de l'opium ?... faut-
il brûler de la vanille ?... O parle-moi donc,
mon seigneur, car je croirai que tu es mort, et je
me tuerai pour ne pas te survivre.

Manuel le regarda fixement pendant plusieurs
minutes et avec une expression si singulière, que
l'enfant fut effrayé de ce regard, qui semblait
porter l'œil noir de Manuel jusqu'au fond de son
âme.

— O mais vous m'avez fait peur ! dit Detto
d'une voix altérée. Mais vous êtes donc malade !

malade? Non. Qu'as-tu, mon seigneur? voyons, dis-le moi. Que faut-il que je fasse pour te donner de la joie? Parle donc, je t'en prie à genoux, comme autrefois nous priions la madone avec Fra Paolo. O ne détourne pas ainsi la tête. Regarde-moi encore, quand ce serait le même regard de tout-à-l'heure, quand j'en devrais mourir!

Manuel ne répondait pas; il ne voyait pas Detto qui le suppliait les mains jointes.

Tout à coup l'enfant s'écria, comme frappé d'un trait de lumière :

— O je sais maintenant ce qu'il a. O, oui il est malade, et bien malade..., une maladie cruelle, mon seigneur! mon seigneur... mon seigneur... tu es amoureux!...

Mais à peine ce dernier mot était tombé de la bouche de l'esclave, que Manuel, se levant comme un insensé, le renversa violemment sur le pavé de la chambre. Detto jeta un cri douloureux. Manuel, réveillé par ce cri, le reconnut blessé et sanglant, qui, d'une main essayait de se relever, tandis que de l'autre il soutenait son front ouvert.

—Que t'ai-je fait, enfant? s'écria-t-il en se baissant vers lui.

Detto le regardant avec douceur, et cherchant à presser la main qu'il lui présentait :

— Rien…. rien…. répondit-il. Mon seigneur, lorsque tu m'as prise à Rome, tu ne m'as demandé que des sourires et des caresses, eh bien… s'il te faut encore mon sang… mon sang est encore à toi.

Et *elle* retomba évanouie dans les bras de Manuel.

XIX.

Déjà depuis deux heures le sommeil est descendu sur les paupières de Detto. L'esclave s'est
endormi la main dans la main de Manuel, avec
un regard de reconnaissance qui semble dire : —
Merci pour le mal que tu m'as fait.

Sous la bande noire qui en cache la moitié, le
front de Detto est livide. Sa bouche est pâle et

retirée ; le souffle de sa poitrine s'arrête presque entre ses lèvres.

Manuel est debout auprès de Detto : depuis le moment où Detto est tombé renversé par lui, ses yeux ne l'ont pas quitté. C'est lui qui l'a placé sur le lit, lui, qui a mis l'appareil sur ce front ouvert, lui, qui a déchiré la veine de son bras, et qui en a reçu le sang.

L'esclave et le maître avaient besoin de cette émotion.

Detto repose si bien immobile, que Manuel retrouve un peu de calme en contemplant la douceur inaltérée de ses traits.

« O dors en paix, Detta, toi qui n'as jamais
» subi les orages des passions, toi pour qui l'a-
» mour est un mot incomplet ! un amant pour
» toi c'est la rosée du ciel pour la terre dessé-
» chée ; tu ne veux que ses caresses et le bonheur
» de lui donner les tiennes ! Tes lèvres baiseront
» sa poitrine et son front, sans que tes yeux
» cherchent à lire dans l'âme et le cœur dont ils
» sont l'enveloppe matérielle. Ton amour est
» pour l'homme tel que tu le vois ; ton imagi-
» nation ne t'en crée pas un autre que tu ne ren-
» contrerais nulle part. O tu t'es attachée à la vie
» réelle, et non à son brillant squelette couronné

» d'un diadème de pierres fausses..... Tu devais
» être heureuse, Detta!... tu ne demandais que
» la liberté de m'aimer selon ton cœur... mais
» quelque bornés que soient nos vœux, sont-ils
» donc jamais exaucés ? Fatale Providence, qui
» nous as donné le désir, et nous en as montré
» le but, quel était donc ton dessein, en les
» séparant par un abîme? Est-ce là l'œuvre du
» ciel ou de l'enfer, de Dieu ou de Satan... Ah!
» Providence, je te maudis! »

La main de Detta frémit dans la main de Manuel, qui tressaillit comme s'il eut senti la main d'un mort tout à coup réveillé du sommeil de la tombe.

« Est - ce que Detta m'aurait entendu? est-
» ce qu'elle voudrait protester contre cette ma-
» lédiction? La loi du magnétisme expliquerait
» cette communication entre nos deux âmes. —
» Ah! s'il pouvait me donner l'innocence de cette
» enfant..... l'innocence de Detta, d'une fille de
» joie!.. Eh! oui, sans doute; elle a passé trop
» vite dans la prostitution, pour s'y corrompre.
» Elle en aurait fait peut-être un métier hon-
» nête... Qu'importe que le corps ait été souillé!
» Mais une fois que l'âme a traîné dans le
» crime.... »

10

Il jeta en ce moment les yeux sur sa main, qui
était encore tachée du sang tombé de la blessure
de Detta; et se rappelant que cette main avait
déjà porté l'empreinte d'un autre sang, aussi répandu par lui, il s'agenouilla involontairement,
et son regard prit la direction du ciel, comme
s'il avait voulu en implorer la pitié.   .   .   .   .

.   .   .   .

.   .   .   .   .   , ...

Quand il se releva, des voix joyeuses se faisaient entendre dans la chambre voisine : c'étaient
des voix de jeunes gens qui buvaient du punch,
et cédaient bruyamment à son influence. Cette
gaîté impatienta Manuel : le rire d'autrui nous
fait toujours injure à travers nos larmes. D'ailleurs ces jeunes gens devaient troubler le repos
de Detta, et Detta avait besoin d'une nuit paisible.

Manuel quitta donc Detta, et alla frapper à la
porte de ces jeunes gens. Ses cheveux étaient en
désordre, ses habits défaits, ses traits décompo-
sés. Il avait cette apparence d'exaltation extérieure qui touche au ridicule ou au sublime : on
pouvait choisir. Les jeunes gens choisirent le ridicule.

Ils éclatèrent en le voyant paraître, et lui portèrent un toast avec une insolente politesse. Manuel ne s'attendait pas à cette réception; mais dans la position morale où il se trouvait, c'était celle qui lui convenait le mieux. Il est des jours où l'on baiserait volontiers la main qui nous insulterait, pour avoir le bonheur de la punir.

— Messieurs, dit Manuel, à côté de vous dort un jeune homme malade; je vous prie de vous amuser avec un peu moins de bruit.

Pour toute réponse, un de ces fous lui offrit un verre de punch d'un air goguenard, et tous ensemble répétèrent le refrain d'une chanson qu'ils avaient déjà commencée.

Manuel, impassible, se retira en les saluant. Mais bientôt il revint. Il avait deux épées sous le bras.

— Malheureux! s'écria-t-il, en serrant la main de celui qui lui avait présenté le verre de punch, veux-tu te battre avec moi?

Les jeunes gens se regardèrent avec étonnement, et en pâlissant un peu. Ce sont de ces propositions qui font toujours effet; elles ont souvent dégrisé les têtes les plus solidement avinées.

Les chants cessèrent aussitôt. Et comme l'heure et le lieu n'étaient pas convenables, on fixa les conditions d'un duel pour le lendemain matin; et par ce moyen, Detta put dormir tranquillement toute la nuit.

XX.

Le duel eut lieu le matin à cinq heures. — Un duel affreux : Manuel tua un de ces jeunes gens, blessa le second, et fut blessé par le troisième.

La blessure de Manuel était grave. L'épée de son adversaire avait pénétré dans la poitrine, et le sang s'y était épanché. Le médecin le saigna huit fois.

Ce fut alors à Detta de *veiller* Manuel : elle le veilla dix-huit nuits sans dormir.

La plaie s'était refermée, le *hoquet* avait cessé ; mais Manuel, accablé sous la fatigue du rôle qu'il s'était commandé, auprès de Madame de Varennes, avait fléchi devant sa destinée, et son cerveau éclatait brisé par l'ardeur dévorante de la fièvre. Le jour, un sommeil presque léthargique pesait sur ses paupières invinciblement fermées; mais la nuit il se réveillait dans un délire furieux, blasphêmant le ciel et la terre, parlant de mort, de femmes à déchirer avec les dents, et de vengeance sans pitié. Il maudissait Detta qu'il ne reconnaissait plus, et debout sur son séant, en dépit des efforts de Detta qu'il repoussait, mêlant ensemble d'une voix saccadée les noms de Louise et d'Amélie, ouvrant et fermant le poing comme s'il les y avait tenues enfermées, il semblait vouloir les écraser l'une sur l'autre

Detta souffrait en silence, sans se plaindre, sans murmurer, avec cette puissance infatigable de secourir dont la nature a doué les femmes, ces anges de consolation, si faibles et si grands.

O oui, redisons-le bien, quelque *coupables*, quelque infidèles qu'elles aient été envers nous,

du jour où la maladie nous aura jetés sur le lit
de douleur, vous les verrez accourir et renoncer
d'elles-mêmes au bal et à ses plaisirs, pour remplir avec bonheur les tristes fonctions de *gardes-
malades;* elles qui ont raillé cent fois notre jalouse
surveillance, retrouveront toute leur affection,
toute leur bonté, tout leur charme bienfaisant,
lorsque nous leur tendrons une main défaillante.
Et auprès de nous, et pour nous, elles perdront
sans regret la fraîcheur et l'éclat, dont elles se
servaient pour séduire et nous tromper. O oui,
cela est vrai, heureusement vrai; cela se voit
tous les jours. Il y a dans le cœur de la femme un
rayon de lumière céleste.   .   .   .   .

.   .   .   .

Detta était jalouse des soins que l'état de Manuel réclamait; elle n'aurait pas voulu qu'il les
eût reçus d'une autre main. Elle aurait regardé
ce partage comme un vol; aussi, elle se multi-
pliait pour le servir. Elle avait la force de tout
faire; elle était héroïque, cette enfant! Mais du
reste, pour le dénoûment de cette maladie, aucune inquiétude ne la tourmentait; car s'étant
juré de ne pas survivre à son maître, l'esclave
savait n'avoir point à porter la douleur de sa
mort.

Detta était triste ; mais elle se nourrissait de sa tristesse avec volupté ; et elle aurait, l'égoïste, consenti à passer ainsi le reste de ses jours auprès de Manuel malade.

Cependant, parfois, des larmes arrivaient au bord de sa paupière : c'était lorsque Manuel prononçait son nom avec des blasphêmes. Mais Detta se disait : — Au moins, il ne m'oublie pas.

Et puis c'était pour Detta que Manuel s'était battu, et un homme est si beau après le coup d'épée qu'il a reçu pour sa maîtresse.... Hélas ! était-elle donc seulement la maîtresse de Manuel ?

Le délire tomba un peu. Les nuits furent plus calmes, les jours moins accablés ; la progression du mal s'arrêta ; et, sans se compromettre, le médecin put dire : il est sauvé ! — Mais ces mots, qu'une mère eut écoutés à genoux, et en lui baisant les mains, ces mots firent mal à Detta. Elle s'était habituée à l'idée de mourir avec Manuel, et le médecin dérangea ce projet.....

Une nuit que Manuel dormait, la porte de la chambre s'ouvrit avec précaution, et l'esclave en détournant la tête, aperçut une femme voilée qui s'avançait vers *lui*. Il se précipita à sa rencontre, et lui dit d'un ton sec, et qui avait quelque chose d'insolent :

— Que voulez-vous?

— Je veux voir ton maître, répondit-elle avec un air de froide dignité qui imposa à Detto; il est de mes amis.

Et sans remarquer la singulière expression de surprise, de douleur et de haine qui se trahit sur le front de Detto, elle s'approcha du lit. La faible lumière d'une lampe arrivait jusque là, et ses rayons incertains éclairaient les traits souffrans de Manuel. Elle appuya la main sur le chevet, et contempla le malade avec une pénible attention; puis elle se baissa jusqu'à ses lèvres, comme pour s'assurer que son âme n'en avait point encore franchi le seuil.

Elle avait ôté son voile. Detto qui la regardait, s'écria avec effroi :

— O vous êtes bien jolie, madame!

A cette exclamation, elle porta ses grands yeux bleus sur l'esclave; et après quelques instans d'un silence plein de trouble et d'indécision :

— Mais qui êtes-vous donc, mon enfant? lui demanda-t-elle.

— Je suis l'esclave de monseigneur Manuel, répondit Detto en se levant, et d'une voix presque menaçante. Il m'a donné l'ordre d'interdire l'en-

trée de cette chambre à tout le monde, et comme
il n'y a pas d'exception pour Madame.....

— Silence, mon enfant! répliqua-t-elle en lui
prenant la main, — une main blanche et douce!
— Ton maître ne te punira pas pour avoir fait
cette exception en ma faveur.

Et malgré l'opposition de Detto, elle resta auprès du lit, comme si elle avait été décidée à
partager avec lui les soins dont le malade avait
besoin. L'œil de Detto brilla comme un stylet; il
porta la main au poignard à manche d'or qui
pendait à sa ceinture; mais *elle* le regarda avec
tant d'assurance, que Detto vaincu, retomba sur
sa chaise en pleurant.

Manuel, après un de ces longs soupirs qui sor-
tent si douloureusement de la poitrine des malades, s'était enfin réveillé. Il avait étendu les
bras, ouvert et refermé les lèvres, avec ce bruit
tristement articulé de la goutte d'eau tombant
dans l'eau. Il fit un effort pour parler, mais la
parole expira inachevée; et sa tête, un instant
soulevée, s'affaissa d'elle-même.

Elle et Detto s'étaient penchés vers lui; elle
avait soutenu cette tête défaillante, et Detto avait
placé son oreille sur le cœur du malade pour en

suivre les battemens. Manuel les regarda avec une stupéfaction hébétée, sans les reconnaître, sans comprendre ce qu'ils faisaient. Ses traits annonçaient le complet anéantissement de la vie morale : c'était pitié que de voir cette vaste intelligence, ce génie si actif, cette volonté si puissante, ainsi terrassés par la fièvre, ce démon auxiliaire de la mort. *Elle* et Detto en étaient brisés ; *elle* surtout qui savait mieux le mystère de ces deux natures dont l'une relève de l'autre, dont la plus belle et la plus noble semblait déjà ici séparée de sa sœur. Elle essaya par quelques mots de rappeler cette âme ensevelie peut-être dans son dernier sommeil ; sa voix, en effet, ranima le malade. Il parut sur son front et dans les cils noirs de ses paupières, ce je ne sais quoi d'électrique qui dut servir de transition entre le marbre glacé de Pygmalion et son premier sourire au souffle de la divinité ; il promena autour de lui un regard égaré ; puis tout à coup, avec une violence effrayante, il s'écria : — Madame de Varennes!... et *il* s'évanouit dans ses bras, qui l'avaient soutenu.

Detto se précipita furieux sur madame de Varennes ; mais elle lui arracha le poignard dont il la menaçait, et lui dit d'un ton qui annonçait une résolution inébranlable :

— Je resterai jusqu'à ce qu'il soit mort ou sauvé !

XXI.

Mais le médecin l'avait annoncé : Manuel était sauvé, et dès qu'il eut la force de supporter la voiture, il donna instinctivement l'ordre de retourner à Sarnen.

Detto veilla à tous les apprêts du départ. Pauvre Detto, on eût dit qu'il préparait son sacrifice !

Manuel ne lui avait jamais témoigné plus

d'affection. — Hélas ! c'est de la reconnaissance, murmurait tristement Detto.

Manuel était bien pâle et bien maigri, mais son œil noir avait un regard plus doux, plus mélancolique, plus caressant.....

— Elle le trouvera embelli, disait Detto.

Detto vit sur le front de Manuel la trace d'un imperceptible sourire . quand il lui annonça que sa voiture l'attendait.

— O mon seigneur, pourquoi ne m'as-tu pas brisé la tête sur le pavé de cette chambre ! pensa Detto.

Ils partirent.

XXII.

Manuel resta six jours enfermé chez lui, pour
ne pas rencontrer Madame de Varennes; mais il
souleva vingt fois les rideaux de sa fenêtre, avec
la pensée, qu'il ne s'avouait pas, de la reconnaître
à sa démarche, lorsqu'elle passerait près de son
hôtel. L'amour est toujours un enfant.

Bien loin étaient déjà et le souvenir de Louise
de Belcourt et les projets de vengeance de son

amant. Cet amour qu'il voulait imposer à Madame de Varennes, c'était lui qui l'avait reçu ; et maintenant son cœur se serrait à l'idée que cet amour pouvait bien ne pas être partagé.

Un matin, qu'il s'abandonnait à ces vagabondes sensations qui vous tiennent entre la veille et le sommeil, après une nuit féconde en songes fatigans ; Detto lui présenta une lettre de Madame de Varennes ; elle était ainsi conçue :

« Vous êtes de retour depuis plusieurs jours,
» et vous n'êtes pas venu me donner de vos
» nouvelles ! Cela est bien mal en vérité, et je
» suis tentée de beaucoup vous en vouloir. Vous
» devriez cependant ne pas douter de mon ami-
» tié et du plaisir que j'aurais à savoir que la
» vôtre ne m'oublie pas. »

Manuel froissa avec colère cette lettre, si courte, si polie, si nulle. Detto debout, auprès de lui, le regardait d'un air triste et accablé.

— Sors, lui dit Manuel, laisse-moi seul, je veux être seul.

Detto sortit — désolé et pleurant, comme le chien bien aimé, que le fouet du maître a capricieusement chassé.

— Son amitié ! son amitié ! Eh que m'importe son amitié ! Ah ! plutôt sa haine que son amitié! L'amitié pour de l'amour..... Ah! mieux vaut encore de l'indifférence..... L'amitié nourrit l'amour et ne le console pas..... L'amitié est pleine d'espérances qu'elle ne réalise jamais..... Et puis, quand une femme nous a avoué son *amitié*, comment oser ensuite lui demander son amour?.... Une femme qui se déclare notre amie, se place sur un terrain inabordable.

Detto entra une seconde fois, et présenta une seconde lettre. La voici :

« Monsieur le comte de Neismen est invité » à venir passer la soirée chez le baron de For- » lano; on jouera la comédie. »

— Eh bien! j'irai, dit Manuel, après avoir lu, je la verrai, et — je ne lui parlerai pas.

XXIII.

Le baron de Forlano rencontra un jour un fourgon d'artistes dramatiques, qui voyageaient avec le luxe tout modeste de ceux que le chevalier de la Triste-Figure attaqua si vaillamment, sur une des grandes routes de la Manche, au début de sa carrière héroïque.

Il leur promit tout l'argent qu'ils lui demandèrent, pour rester à ses ordres, jusqu'au jour où sa *société* lui dirait : Assez !

Le baron de Forlano avait à sa maison de ville une fort belle salle de spectacle. Elle contenait vingt - cinq loges de quatre places, une galerie et un parterre.

Les loges étaient destinées à la *société* , la galerie aux étrangers, le parterre aux *gens* et aux fournisseurs.

Le baron de Forlano faisait lui-même la police de sa salle.—C'était un homme universel.

L'affiche du spectacle portait :

ANTONI,

Drame en 5 actes, par M. AL. DUMAS.

C'est, avec *l'École des Vieillards* , l'ouvrage qui a eu le plus de succès sur la scène française, depuis vingt ans. — Il n'est pas question ici de leur valeur littéraire.

Toutes les femmes ont *raffolé* d'Antoni; et les maris lui ont pardonné, par reconnaissance pour le dénouement, qui ne laisse pas au colonel d'Hervey, une épouse coupable sur les bras.

A six heures et demie précises, le rideau se leva. La salle était superbe. Les vingt—cinq loges

et la galerie resplendissaient de perles et de diamans. Le parterre était propre et brossé. Cela
ne se trouve que chez le baron de Forlano.

Trois personnes seulement devaient entrer dans
chaque loge, parce que le baron de Forlano, qui
voulait toutes les *visiter*, s'était fait réserver la
quatrième place.

Manuel n'eut pas le courage d'en choisir une
autre que celle de Madame de Varennes ; mais il
s'y présenta de mauvaise grâce.

Du premier coup d'œil, Madame de Varennes
comprit les dispositions hostiles de son esprit ;
mais loin de s'en fâcher, elle s'en applaudit, et
reçut le transfuge avec une aisance parfaite.
Elle était seule, assise sur la banquette de devant ; elle lui offrit une place à côté d'elle ; et
malgré son hésitation et un demi refus, il fut
bien forcé de l'accepter.

Pendant les deux premiers actes d'Antoni, il
resta auprès de Madame de Varennes avec toute
la raideur d'une indifférence commandée.

Et puis après, il fallut pourtant bien qu'il par-
lât, il le fallut sous peine d'impolitesse ; et quand
il eut parlé, il ne se sentit plus la force de garder un silence méchamment boudeur. Il fallut
encore sourire aux sourires de Madame de Va-

rennes, avoir de l'esprit pour son esprit, de l'enthousiasme pour son enthousiasme, être bon, heureux, bienveillant, comme elle paraissait bonne, heureuse, bienveillante.

Ils étaient seuls dans la loge. Madame de Varennes tendit la main à Manuel, et lui dit avec cet intérêt qui donne tant de charme aux moindres paroles d'une femme :

— Eh bien! la santé revient-elle un peu? O mon Dieu, comme cette question vous ride le front! mais ce n'est pas pour cela que je vous la fais, mon ami..... Vous avez été bien malade, Manuel, ajouta-t-elle sur un ton plus sérieux..... et j'ai tremblé pour vos jours.

— Oui, Madame, répondit-il d'un air pénétré, et je vous remercie de l'intérêt qui vous a conduite.....

— Chut! ne parlons pas de cela, lui dit-elle, en mettant un doigt sur sa bouche,... ne parlons pas de cela, mon ami; il faut au contraire me promettre que vous tâcherez de l'oublier, et que cette démarche, sans doute fort inconvenante, demeurera ensevelie au fond de votre cœur comme un inviolable secret.

Pour toute réponse, Manuel eut à peine le temps de lui serrer la main... Une autre personne entra dans la loge ; c'était la jeune veuve de vingt ans avec laquelle il avait valsé la dernière valse au grand bal du baron de Forlano.

Il lui céda sa place, et resta debout derrière Madame de Varennes.

Alors ces deux femmes parlèrent seules — en femmes, c'est-à-dire de modes, de plaisirs, de fêtes, de riens.

Manuel ne prit aucune part à la conversation, mais avec le parfum qui s'échappait des cheveux, du cou, des épaules, de toute la personne de Madame de Varennes, il respirait aussi les inflexions de sa voix, et jusqu'aux soupirs qui lui servaient de points de repos dans le dialogue..... O si les femmes savaient tout ce que nous aimons en elles, quand une fois nous les aimons !... . . . .

Le troisième acte commença, et un silence flatteur pour Dumas régna dans toute la salle. Antoni est un drame qui a toujours été écouté avec recueillement, même à la première représentation.

La jeune veuve pleurait ; Madame de Varennes se sentait émue et attendrie... Manuel était penché en avant au-dessus d'elles ; il avait placé la main sur la cloison qui séparait cette loge de la loge voisine ; et Madame de Varennes, soit hasard soit intention, ou ces deux causes à la fois, en appuyant la tête sur cette cloison, l'appuya sur la main de Manuel, et ne songea point à la retirer.

O il faut être jeune encore, il faut avoir toute la foi d'un amant, pour comprendre le bonheur d'une telle sensation, quand on en jouit pour la première fois, et qu'on l'a si longtemps désirée... Et ce bonheur était encore doublé dans cette loge, ainsi mêlé aux émotions de la scène, parce que l'âme, qui s'était montée peu à peu à la hauteur du drame, avait gagné en puissance d'aimer et de sentir.

Heureux Dumas ! le drame lu ne vaudra jamais le drame vu et écouté : G. Sand, si admirable, si passionné, si éloquent, n'a jamais produit de ces magiques effets. Les femmes ont toutes pu dormir en paix après avoir dévoré la dernière page d'*Indiana* ou de *Valentine* ; mais en sortant d'*Antoni*, appuyées sur le bras d'un colonel d'Hervey, combien n'ont pas jeté autour d'elles un regard suppliant, et cherché dans la foule une âme capable de cet amour si cruellement vrai....

Antoni a été le premier cri de la liberté jeté sur la scène par les femmes. Le procès du divorce s'y gagnait pendant qu'il se perdait à la chambre des pairs; Antoni a de nouveau soulevé toutes les grandes questions de droit civil, qui s'étaient comme endormies sous la monotonie des questions de droit politique.

Antoni a achevé la réputation de madame Dorval, qui a été sublime; Antoni a été la plus belle gloire de Dumas, aujourd'hui trop attaqué, comme il était alors trop exalté.

Il ne faut donc pas s'étonner qu'Antoni fut religieusement écouté chez le baron de Forlano. La société si sévère, si puritaine, qui s'y trouvait réunie, ne poussa aucun cri d'indignation contre l'*immoralité* des situations, et applaudit franchement les cinq actes du drame.

Pendant les trois derniers, la main de Manuel ne quitta pas la cloison où elle attendait avec toute la patience du cœur, que la tête, les cheveux, l'oreille, et un peu le cou de madame de Varennes, vinssent par intervalles s'y reposer quelques minutes.

Ce fut pour Manuel un aveu de l'amour qu'il avait inspiré, car la seule amitié ne doit pas aller jusqu'à ces sensations qui donnent l'éveil à tant d'autres.

Madame de Varennes lui demanda son bras pour rentrer chez elle, ne voulant pas cette fois accepter une place dans sa voiture.

— Comment trouvez-vous que ces acteurs aient joué? lui dit-elle, dès qu'ils furent seuls.

— Après madame Dorval et.....

— Pas de comparaison, mon ami ; nous sommes en Suisse, il faut juger pour la Suisse.

— Eh bien! madame, je crois qu'ils ont compris Dumas.

— Oui, vous avez raison ; mais cela est si vrai, si naturel! c'est le drame de tous les salons et de toutes les familles. Ah ! quelle folie que l'amour ! Heureuses celles qui, comme moi, peuvent se contenter de la paisible amitié !

Manuel, qui serrait avec force le bras de Madame de Varennes contre sa poitrine, le laissa froidement retomber sur son bras à ces paroles, et se renferma dans un silence obstiné jusqu'à la porte de sa maison, où il la quitta après un salut d'une politesse glacée.

Madame de Varennes ne se fâcha point de ce brusque caprice, car elle en put conclure que Manuel était irrévocablement amoureux.

Elle en était donc venue à son but, même avec l'homme le plus intraitable de ceux qu'elle devait rencontrer! Aussi, en posant sa tête sur son oreiller, avant de s'endormir, elle se répéta :

— Ce que femme veut, il faut bien que Dieu le veuille !

XXIV.

Manuel s'humilia devant sa destinée, qu'il avait si longtemps portée la tête haute et le regard assuré — en Ajax qui défie les Dieux.

Pourtant il prit dans la nuit une grande et forte résolution, et après avoir appelé Delta, il s'endormit courageusement dans ses caresses : — Dernière nuit de bonheur pour Delta, qui reposa paisible sur le sein de Manuel, ignorance des passions qui l'agitaient.

Mais qu'importait à l'esclave ! Du maître elle ne devait connaître que l'homme extérieur, la bouche, les yeux, les sourires et les baisers... C'est le rôle des filles du sérail avec le sultan. — Mais les filles du sérail dansent encore , insouciantes et folles, lorsque la tête du sultan est tombée, et Detta ne vivait que de la vie de Manuel, et Manuel mort, Detta mourait avec lui.

Mais pour Manuel, qu'était le cœur de Detta ? — Les amours de pur instinct ne nous suffisent pas. Nous voulons de l'intelligence dans le sentiment, et cette intelligence est peut-être ce qui en fait pour nous le véritable prix. C'est à ce besoin d'être compris, d'être jugé, pesé, analysé, et ensuite admiré, qu'ont dû tant de succès, des quadragénaires, que la foule avait impitoyablement renvoyées au chapitre des souvenirs.

Il y a toujours un grand fond d'amour-propre dans l'amour. — Nous aimons beaucoup plus les femmes, pour les qualités qu'elles reconnaissent en nous, que pour les qualités que nous trouvons chez elles. Souvent leur plus grand secret pour nous retenir, est de savoir comment nous voulons être appréciés.

Mais revenons à Manuel..... Le matin, à dix heures, après avoir assez bien déjeûné, il se mit en route pour exécuter la *courageuse ré*-*solution* qu'il avait prise pendant la nuit. — Cette résolution était de quitter Sarnen après avoir dit un dernier — ô bien dernier adieu à Madame de Varennes.

Il la trouva dans le jardin, assise à l'ombre d'une touffe de charmille, entre ses deux enfans : elles travaillaient toutes les trois. Les deux enfans faisaient de la tapisserie, madame de Varennes brodait. C'était la plus merveilleuse ouvrière qui se fût rencontrée, que cette femme du monde si *aristocratiquement* élégante. Il y avait presque au-tant de génie dans cette main délicate et frêle, que sous la peau blanche et pure de son front.

Elle reçut Manuel sans coquetterie et sans ap-prêt, avec un sourire amical. Puis elle le força d'embrasser ses filles, qu'il avait à peine regar-dées ; et elle le fit asseoir à côté d'elle.

— C'est bien à vous de m'avoir prévenue, mon ami ; j'allais envoyer chez vous pour vous prier de passer à la maison ; car je n'osais trop comp-ter sur votre visite, après la manière farouche dont vous m'avez quittée hier soir. Allons ! bais-sez les yeux et soupirez..... C'est parfait !... il n'en demeure pas moins prouvé que vous êtes l'homme le plus capricieux.....

— Moi, madame !

— Oui, vous ! osez le nier. Eh ! mon Dieu, ne vous en défendez pas..... Les caractères trop réguliers, trop constamment égaux ne fixeront jamais l'attention de personne..... Mais parlez-moi d'un homme qui change de visage du matin au soir, qui la nuit au bal, vous baise la main avec dévotion, et qui le lendemain n'a pour vous qu'un regard indifférent ! Comment voulez-vous que l'imagination ne soit pas occupée d'un tel homme ! c'est à lui faire courir sans trève et sans repos le vaste champ des conjectures... On ne peut croire que cette métamorphose subite n'ait pas une cause, et cette cause on prétend la connaître, et l'on n'a pas de paix avec soi-même qu'on ne l'ait connue... et voilà qu'on rêve de lui à chaque instant ! Un homme qui sait nous inté-resser à ce point... tenez, Manuel, il n'y a rien de plus dangereux que cet homme là.

Manuel ne songeait déjà plus à son *énergique* résolution ; il se laissait subjuguer par le charme que cette femme avait l'art de répandre dans toutes ses paroles ; et lui, qui jusqu'à ce jour avait

été si bien maître de ceux qui l'écoutaient, était
à son tour dominé en écoutant.

Après avoir vainement attendu pendant quelques minutes qu'il répondit, levant les yeux
qu'elle avait constamment tenus fixés sur son ouvrage, Madame de Varennes lui dit :

— Devinez-vous pourquoi j'ai envoyé chez
vous ?

Manuel remua la tête, comme signe négatif.

— Vous ne devinez pas ?.... c'est un service
que je réclamais de votre obligeance. Nous allons
aujourd'hui à la campagne en famille, je vous
faisais demander votre voiture.

— Elle est à vos ordres, madame ; et quoique
vous ayez une certaine fois bien maltraité les
jeunes gens qui ont voiture, je me trouve heureux
aujourd'hui d'être au nombre de ces coupables.

— Je vous donnerai mon landau ; il est tout
attelé à votre porte. Quand vous voudrez partir,
vous commanderez, et l'on partira ; et si vous
daigniez me permettre...

— De m'accompagner, n'est-ce pas ? Je vous
en prie,... lui dit-elle avec une voix doucement
émue, et en lui présentant la main.

En un instant l'ouvrage fut mis de côté. Les
deux jeunes filles vinrent jouer dans les jambes

12

de Manuel, et le remercier, par leur folle gaîté, du plaisir qu'elles allaient devoir à sa voiture.

Elles étaient prêtes à partir toutes les trois ; de véritables toilettes pour courir les champs ; de grands chapeaux, des robes blanches, de petits tabliers et des guêtres. Les femmes ne sont jamais mieux habillées qu'avec cette simplicité de costume, encadrées dans un horizon de bois et de bruyère, et se promenant sous de grands arbres, dont le feuillage mobile reçoit et adoucit les rayons d'un soleil pur.

— Nous n'emporterons rien, Manuel, n'est-ce pas ? Du lait, des œufs, des fruits, feront tout notre dîner : il faut que ce soit une partie de campagne complète.

Madame de Varennes était devenue si bonne femme ; la femme du monde avait si bien disparu, la parisienne était si entièrement effacée, que Manuel se sentit peu à peu descendre de cette atmosphère de passions révoltées, où il avait vécu jusqu'alors, pour se rapprocher de ce naturel naïf et vrai.

Il y avait bonne foi dans la personne morale et physique de madame de Varennes. Elle ne mentait ni à elle-même, ni à autrui ; elle était heureuse : rien ne va mieux aux femmes que le bonheur! et puis elle tirait je ne sais quelle grâce pudique de l'entourage de ses enfans. C'était la mère qui l'emportait chez elle aujourd'hui ; et , malgré lui peut-être, Manuel rendait hommage à ce titre, dont les droits sacrés sont écrits avant tous les autres, sur le grand livre des affections humaines.

Il y a dans les rapports de la mère à la fille , dans leurs innocentes caresses , une douceur qui se communique, et qui exerçait sur les sensations de Manuel une bienfaisante influence. Il se sentait meilleur en trouvant sur le front de madame de Varennes une expression épanouie et tendre , qu'il n'y avait jamais remarquée. Il était tout prêt à appeler de ses premiers jugemens, et à lui reconnaître les qualités des défauts dont il l'avait d'abord accusée. Plus d'ambition, de coquetterie, d'orgueil, plus de haine, plus de colère, mais une bonté calme et affectueuse, quelque chose de séraphique et de céleste. Ah! qu'une mère est belle au milieu de ses enfans! ah! que Madame de Varennes était séduisante avec ses deux filles !

Manuel était assis avec Madame de Varennes au fond du landau ; les deux enfans occupaient la

banquette de devant avec la vieille mère aveugle;
— elle avait voulu cette place ; — sur le siège, la
Justine de Madame de Varennes et Detto. Quatre
chevaux à la voiture et deux jokeis. Un luxe tout
anglais.

La présence de Madame de Varennes la mère,
devait nécessairement donner à la conversation
une tournure plus *bourgeoise,* plus monotone, plus
régulière, plus sage. Mais cette nécessité fut cause
d'un rapprochement plus intime entre Manuel et
Madame de Varennes. Ils ne se permirent rien
hors des limites qui leur étaient imposées ; mais
aussi ils se permirent tout jusque là , — sans
pourtant qu'il y eut rien de convenu , rien d'a-
voué, et pouvant au besoin tout rapporter à
la fatalité de leur position. Ainsi par fois la
tête de Madame de Varennes, suivant l'impul-
sion de la voiture, qui se balançait sur le terrain inégal de la route, venait effleurer la tête
de Manuel ; un mouvement semblable attirait
leurs genoux, et leurs genoux restaient serrés
pendant quelques instans....... Mais le hasard
n'était-il pas là pour tout expliquer?

Pendant les intervalles de silence, leurs regards
qui se cherchaient étaient pleins de confiance,
d'admiration et d'amour. Manuel contemplait

avec enthousiasme la petite oreille toute blanche
de Madame de Varennes, autour de laquelle ses
cheveux noirs étaient si régulièrement plantés...
Et c'était en vérité de l'enthousiasme de jeune
homme chez ce Manuel, qui s'était fait si vieux
et si blasé!... Ah! quel charme dans ce premier
retour à la pureté de nos jeunes sentimens! quel
enivrement dans cette rupture avec nos sophis-
mes libertins et nos mauvaises passions!...

O pour le coup, Manuel et Madame de Varennes avaient bien sincèrement oublié le rôle
qu'ils avaient appris, et qu'ils jouaient si péni-
blement en présence l'un de l'autre : la nature
primitive avait chassé la nature artificielle, le
cœur avait ressaisi la place de l'esprit. Leur poitrine se soulevait sans peine, dégagée de cette
dissimulation étudiée dont le poids l'étouffait.
Ils ne se craignaient plus; on eut dit qu'ils avaient
reçu je ne sais quel baptême moral qui cette fois
avait bien effacé la tache du péché originel. C'é-
tait Adam et Eve pardonnés et absous, assis tranquilles et innocens sous l'arbre fatal de la science.
Leurs regards étaient pleins de la même pensée :
leur cœur battait sous l'impression des mêmes
sentimens; ils étaient régénérés, ils étaient dignes
de se comprendre et de s'aimer.

L'amour vrai n'exige-t-il pas une expiation préalable, de cette vie dissipée et corrompue qui l'a précédé? On ne saurait tout à coup réunir et concentrer, dans une âme à moitié dépravée, les rayons de ce feu céleste qui s'allume aux pieds de Dieu.

La voiture les emportait sur une route féconde en accidens pittoresques. C'étaient des montagnes, des bois, des lacs, des torrens;... et ce tableau mouvant, à chaque instant éclairé par une lumière différente, tantôt sous le grand jour du soleil, tantôt sous le jour plus gris des nuages intermédiaires, passait devant eux avec la rapidité du galop des chevaux qui les entraînaient... Spectacle imposant et sublime, mais prompt et soudain comme la foudre.

Cependant une côte escarpée et difficile forçait parfois les chevaux à marcher au pas,... et alors Manuel et Madame de Varennes pouvaient pénétrer dans ces merveilles de la création, où l'âme du poète et de l'amant se repose avec tant de volupté, — parce qu'elle les embellit de toute son exaltation; parceque le monde réel, quelque magnifique qu'il soit, s'agrandit encore par la puissance de l'imagination.

La conversation était tombée, — car il arrive

un moment où les paroles ne suffisent plus, et où le cœur se réfugie dans un silence religieux et recueilli.

Peu à peu ils oublièrent et le lieu où ils étaient, et les choses qui les entouraient. Leur tête se baissa pensive et réflechie; et leur regard incertain, ne s'arrêtant plus à aucun objet extérieur, sembla s'être retourné pour ne voir qu'au dedans d'eux-mêmes.

De temps à autre une ombre se penchait sur le devant de la voiture, et Manuel, rappelé à lui, reconnaissait le front pâle et triste de Detto, qui, comme un fantôme du passé, se jetait à la traverse dans le bonheur idéal qu'il venait de se reconstruire.

C'est ainsi qu'ils arrivèrent au monastère.

XXV.

Depuis long-temps la Suisse n'a plus ni moines ni abbés ; le mot monastère y a perdu la moitié de sa signification primitive, il n'indique plus que des pierres posées d'une certaine façon sur d'autres pierres, abstraction faite du monde qui les habite aujourd'hui.

Le monastère représente donc maintenant les bâtimens d'exploitation d'une belle terre achetée

par M. de Varennes, très-savant et très-judicieux
appréciateur, et qui dans cette acquisition a fait
ce qu'on appelle une bonne affaire.

C'était une construction bien solide et bien arrêtée, avec de gros murs et une tour à crénaux,
que les vents battaient depuis sept cents ans, sans
l'avoir entamée.

Un immense jardin renfermé dans des rem-
parts autrefois fortifiés, s'étendait au Midi en
avant du monastère, et à l'Est sur son aîle gauche. A droite et à l'ouest, le sol coupé par de
nombreuses saillies et divisé en vergers et en pâ-
turages, conduisait jusqu'aux pieds de la tour,
une longue terrasse qui partait des murs d'en-
ceinte . . . .
. . . .
. . . .

Madame de Varennes la mère resta au monastère avec Justine et Detto ; mais Manuel,
Madame de Varennes et ses deux filles s'achemi-
nèrent vers le jardin.

Il pouvait être deux heures. — Les rayons
du soleil, chauds et vivifians avaient aspiré les
gouttes de la rosée. Madame de Varennes et
Manuel marchaient lentement, un peu éloignés
l'un de l'autre, se regardant alternativement à

la dérobée, échangeant avec quelque embarras
des paroles détachées et sans suite.

Ils arrivèrent ainsi jusqu'à la terrasse, où
s'élevait un double rang de maronniers dont le
feuillage touffu formait une voute transparente,
mais d'une sombre verdure. De cette terrasse, la
vue s'étendait au loin dans une vallée qui fuyait
entre deux montagnes, couronnées par des bou-
quets d'arbres et de hautes bruyères. Au pied de
la terrasse que contenait un mur épais en pierre
de taille, les yeux tombaient à pic sur une grande
nappe d'eau, alimentée par une faible rivière qui
coulait dans la vallée.

Ce spectacle excita l'admiration de Madame
de Varennes et de Manuel, et ils restèrent quelque temps à le contempler avec le recueillement
d'un cœur religieusement ému.

-- Mon ami, dit Madame de Varennes, il me
semble que les moines devaient trouver une nouvelle vie dans ce lieu. O comme à leur place j'y
serais venue chaque jour méditer et prier. La ri-
chesse de ce tableau, sa pompe majestueuse, ne
peuvent inspirer des idées mondaines. La paix
qui règne ici, la grandeur de la scène, élèvent
l'âme à Dieu, et lui révèlent en quelque sorte la

destinée de ceux qu'il appellera auprès de lui.

— Il en est, Madame, pour qui l'air que nous respirons ici, dut souvent être fatal ! répondit Manuel avec un air de triste conviction.

— Je ne vous comprends pas, reprit Madame de Varennes, en se rapprochant de Manuel.

— Ici on retrouve la vie, avez-vous dit ! Eh bien ! pour être moine sans trouble, sans inquiétude, sans remords peut-être, cette vie ne fallait-il pas la perdre ? Le moine devait-il pas ne savoir que ces deux mots : Mort, éternité ! Ne connaître que ces deux buts : Enfer, paradis ! Le jour où passant sous le portail du cloître, les regards fixés sur le sombre édifice, le néophyte entendit la porte qui se refermait gémir sur ses gonds avec un bruit lugubre, ce bruit ne lui disait-il pas : — Ta mère, qui veilla sur ton premier sommeil, qui t'apprit la douceur d'être aimé en caressant ton enfance ; ton père, vieux guerrier couvert de cicatrices, qui te vit avec orgueil former tes premiers pas..... tes amis, qui se battaient à tes côtés, qui partageaient tes jeux, chassaient avec toi, célébraient la mort du sanglier que ton épieu avait terrassé..... la jeune fille dont le regard en glissant sur son

cœur l'avait fait battre plus vite, dont la main
tremblait dans ta main, que tu rencontrais sur
ton passage, admirant ta brillante armure, suivant des yeux ton coursier qui galoppait.....
le château de tes ancêtres, l'amour de tes serviteurs...... tout...... tout...... il faut tout
oublier !

Il s'arrêta un instant, puis il reprit avec plus
de force :

— Sans doute il est possible de séparer par
une volonté forte le temps qui n'est plus du temps
qui doit être ; mais pour cela il faut exister dans
une atmosphère où rien ne vous le rappelle. Dans
les cours du cloître, dans la chapelle, dans les
cellules, au réfectoire, sur les bancs de la salle
des copistes, là on était au tombeau, là tout ce
qui vous entourait était mort... La vie ne se manifestait plus que par ces besoins que du vin et
un plat de venaison peuvent satisfaire ; mais ici,
Madame, le rideau jeté sur les années qui déjà
étaient loin d'eux, se déchirait entièrement ; la
vie qu'on retrouvait ici était presque celle qu'on
avait abandonnée, avec ses émotions, ses plaisirs et ses douleurs. Un seul instant a suffi pour
que l'âme se soit retrempée à la source de ses
passions à moitié détruites... Oui, sans doute, la

puissance de Dieu s'y révèle avec plus de majesté;
mais à côté du sentiment qu'elle inspire, il en
existe un autre qui prend sa place quand l'exaltation religieuse a cessé.

— Pour être moine, il fallait donc anéantir son
cœur, et alors comment aimer Dieu? quel culte
lui rendait-on?

— Nous ne nous entendons pas, reprit Manuel.
Mais dites-moi, vous, homme jeune encore,
dans ce bois que chaque jour il vous sera permis
de contempler, ne croirez-vous pas entendre les
aboiemens des chiens qui poursuivent le che-
vreuil, la fanfare des piqueurs qui sonnent sa
défaite, le hennissement des chevaux, le cri de
victoire des chasseurs? Au milieu de ces rochers
que recouvre la mousse, et sur lesquels s'élèvent
çà et là des touffes de bouleau, ne vous semblera-
t-il pas voir errer la femme qui jouait autrefois
sous vos yeux, dont le front rougissait à votre
aspect?

— Eh bien! mon ami?... demanda Madame de
Varennes, vivement intéressée par cette conversation singulière, qui était si loin des habitudes
de Manuel.

— Eh bien! alors vous n'êtes plus moine! ou
plutôt, vous rappelant votre vœu fatal, vous

maudissez le jour où vous le prononçâtes : des
regrets vous déchirent le cœur, des larmes de
sang tombent de vos yeux, car la cause qui vous
amena au cloître a maintenant disparu. La maîtresse qui vous avait trompé, l'épouse que vous
avez perdue, l'ennemi sous lequel vous avez suc-
combé, ne vous cachent plus, tristes fantômes,
ce monde si imprudemment fui par vous.

— Peut-être dites-vous vrai, Manuel.... mais
pourtant cela ne pouvait regarder ceux que l'a-
mour de Dieu avait seul conduits dans ces murs ;
eux déjà solitaires au milieu du monde, dont les
regards ne quittaient pas le ciel, ici qu'avaient-
ils à craindre ?

— Le nombre des moines entrés au monastère,
par une volonté qui prenait exclusivement sa
source dans l'amour de Dieu et le besoin de la
prière, ce nombre était bien limité ; et parmi
ceux qui en faisaient partie, combien ne furent
pas désenchantés par la vie monotone qu'on y
menait ? Dans ces exercices réguliers de tous les
jours, dans ces oraisons en commun, dans ces
pénitences méthodiques, l'individu se confond
avec la masse, il ne pense qu'avec la masse, il
n'aime plus Dieu que de la manière dont la masse
veut l'aimer. Oubliant qu'il a une existence pri-

vée, il ne songe plus lui-même à son salut ; car il s'imagine que les règles de l'ordre y ont pourvu, et qu'en obéissant à ces règles tout est prêt pour son dernier voyage. Il venait au cloître, poussé par un enthousiasme religieux, cet enthousiasme le cloître l'a dévoré. On y discipline jusqu'aux âmes : une âme disciplinée est morte... Mais vous l'avez dit, Madame, cette âme retrouvera la vie sous le berceau de maronniers.

Cette exagération plaisait à Madame de Varennes. Loin de chercher à l'arrêter, elle dit :

— Au moins celui-là n'aura à regretter ni maîtresses, ni châteaux, ni fanfares de piqueurs, puisqu'au cloître il n'apporta...

— Il n'apporta que ces extases d'anachorète. Cela est vrai ; mais quand l'âme est réveillée, ces extases ne lui suffisent plus : la nature reprend ses droits imprescriptibles. Si ce n'est aujourd'hui, c'est demain, après demain, dans huit jours, plus tard peut-être, qu'importe le délai, elle les reprend ! Sans doute des souvenirs de joie et de volupté, ces brillantes apparitions des plaisirs de Rome, qui poursuivaient Jérôme dans le désert, malgré les rigueurs cruelles de sa pénitence, ne pourront l'atteindre, lui dont le passé est tout entier dans le mot prière ! Mais l'avenir, mais cette inquiétude d'une âme ardente, ces besoins du cœur que Dieu ne remplit pas seul, où trouvera-t-il un bouclier pour s'en défendre ? Sous cet ombrage, à travers cette verdure, ses yeux chercheront.....

Manuel hésita... mais bientôt il continua avec entraînement :

— Oui, ses yeux chercheront une femme ! Le vent léger, qui venant du bois lui passera sur la tête, c'est un soupir de femme qui brûlera sa poitrine ; ces roses, dont le parfum s'exhale ici de toutes parts, c'est le soufle embaumé d'une bouche de femme : et le soir, si ses yeux parcourent le lac au moment où la lune se brise en pâles rayons sur son eau doucement frémissante, dans cette barque qui fuit au bruit égal et mesuré des rames, il verra une femme les épaules nues, les cheveux épars, promenant ses doigts sur les cordes d'une lyre, dont les sons imaginaires charmeront son oreille.

Il s'arrêta : Ses yeux rencontrèrent ceux de Madame de Varennes doucement fixés sur lui ; mais elle les baissa comme si elle n'avait pu soutenir le regard passionné de Manuel. Pourtant il lui prit la main qu'elle abandonna, et d'un ton

13

plus calme, mais avec une grande émotion, il ajouta :

— O oui, madame, la réforme a eu raison. Nous n'avons pas reçu le jour pour nous enfermer dans une caverne, manger les racines qui naissent sous les rochers, boire l'eau du torrent qui gronde sur nos têtes, et ensuite mourir sur un lit de feuilles sèches ! Les saints de la Thébaïde ont menti à Dieu ! Notre destinée a été plus belle.....

Madame de Varennes gardait le silence.

— Que j'aimerais, continua-t-il, à parcourir ces rochers avec une femme dont les regards pleins de l'amour que je lui aurais inspiré, tomberaient sur moi, caressans comme les premiers rayons du soleil sur la fleur que l'orage a battue. Elle aurait les cheveux noirs... son œil serait d'un azur plus doux que l'azur de l'Océan... son front pur...

Madame de Varennes un peu troublée, retira sa main ; mais bientôt, comme si elle avait été honteuse de cette timidité, appuyant son bras sur le bras de Manuel, elle lui dit avec un regard levé au ciel :

— Venez, mon ami, car vous avez dit vrai, il en est pour qui l'air que nous respirons ici serait fatal.

XXVI.

En retournant au monastère, Madame de Varennes vit ses deux filles qui jouaient sur l'herbe des plates-bandes avec les fleurs qu'elles avaient cueillies ; et cinquante pas plus loin, Detto assis sur le tronc brisé d'un maronnier.

— Vous avez là un enfant qui vous est bien dévoué ! dit Madame de Varennes en regardant Manuel avec pénétration.

— C'est peut-être la seule créature sur le cœur de laquelle je puisse entièrement compter dans ce monde, Madame! Nous nous sommes attachés l'un à l'autre, moi pour le bien que je lui ai fait, lui pour le bien qu'il a reçu de moi. Cet enfant... c'est toute ma famille.

Madame de Varennes répondit par un sourire qui semblait dire : — Je suis contente de l'explication, mais je n'y crois pas.

Detto s'était éloigné rapidement. Il devança au monastère Manuel et Madame de Varennes, et fit préparer le dîner.

Madame de Varennes l'avait dit : c'était un dîner des champs : des œufs, du laitage et quelques fruits. Elle y fut d'une gaîté charmante; elle avait laissé quinze ans derrière elle : l'humeur étourdie et folle de la pensionnaire lui était revenue tout à coup. Elle joua avec ses enfans, elle joua avec Manuel; mais sans effort, sans se l'être demandé, presque sans y avoir songé, d'entraînement et d'instinct.

Elle était avec Manuel comme avec un frère tendrement aimé, qu'on revoit après une longue absence, comme avec un ami pour qui l'on n'a pas de secret, à qui nos paroles et nos regards disent toute notre âme.

Elle forçait Manuel à manger; elle s'inquiétait
de son appétit, et elle lui demandait à chaque
instant :—Eh bien! comment cela va-t-il? ô mon
Dieu! mais vous ne mangez pas!

Et puis elle ajoutait : — Tenez, faites comme
moi ; vous voyez que je vous donne bon exemple.

Ils étaient assis sur un simple banc de bois,
en face d'une table en chêne grossièrement faite,
sans linge sur la table, et presque sans couverts.
Mais pour Manuel, fatigué de sa fortune, c'était
un luxe que cette pauvreté, une fête que cette
misère.

Detto se tenait debout derrière lui, tout triste
de cette gaîté, dévorant les larmes intérieures que
lui arrachaient les rires de Madame de Varennes.
De ses yeux noirs sortait une mordante expression
de colère et de haine contre cette femme : et cette
colère et cette haine, il les reportait jusque sur
ses filles. Son front se plissait autour des tempes,
sa bouche se serrait et tremblait ; et sur cette figure d'ange, si rayonnante et si belle, il y avait
comme un reflet des douleurs de l'enfer.

Mais Manuel et Madame de Varennes ne se
doutèrent pas des tortures auxquelles leur bonheur le condamnait; ils s'étaient si franchement
abandonnés au charme de cette intimité vive et

facile de la campagne, qu'ils semblaient déjà ne plus exister en dehors de cette intimité.

Il y a quelque chose de plus exclusif encore que l'égoïsme, c'est l'amour !

Le vent s'était un peu élevé ; il était tombé de l'eau pendant le dîner, et la poussière s'était affaissée sous la pluie légère qui la mouillait encore. Madame de Varennes proposa à Manuel une promenade dans le bois, et Manuel accepta. Anna et Mathilde les suivirent. Madame de Varennes prit le bras de Manuel sans qu'il le lui eut offert ; puis elle lui dit : courons ! et ils coururent avec les enfans. Elle voulait que toute cette journée fut une journée de joie innocente et pure, comme les premiers rêves dorés de la vie !

Peu à peu, cependant, cette exaltation d'enfant leur échappa ; ils rentrèrent insensiblement dans leur âge et dans leur caractère. Subissant l'irrésistible influence de la campagne, la pensée et la méditation reprirent place sur leur front, mais calmes, mais heureuses, mais enivrées. La volupté n'est pas seulement dans les baisers donnés et reçus ; elle se trouve encore, et plus profonde, et plus vraie, et plus céleste, dans ce silence à deux, où les âmes s'attirent et se con-

fondent à travers les regards, à travers une main
pressée par une autre main.

Les bois, où Manuel se promenait avec Madame de Varennes, étaient coupés par plusieurs
étroits sentiers qui les divisaient en nombreux
compartimens. Les accidens du terrain y étaient
fréquens et variés; il fallait à chaque instant escalader un côteau ou le descendre. Ils marchèrent
ainsi jusqu'à la lisière du bois, terminé par un
plateau très-élevé, où ils firent une halte, devenue nécessaire à Madame de Varennes.

Devant eux, une montagne dominait de grandes
prairies baignées par la ....., sur le bord de laquelle se balançaient de hauts peupliers, dont le
bruissement triste et monotone se mêlait au battement des moulins que la rivière alimentait.

Dans ces prairies fraîches et vertes, pas un
homme, pas une femme, pas un enfant; le
bœuf dormait encore sous les arbres, comme s'il
avait oublié la pâture du soir : on eut dit que le
soleil, déjà abaissé à l'horizon, s'était arrêté de
lui-même pour mieux sympathiser avec l'immobilité de cette solitude. Les oiseaux étaient
muets, la nature ne laissait entendre aucune
de ses voix. C'était le monde tout virginal,
tout nouveau né, sorti des mains de Dieu sans

l'homme et la femme; et, comme deux anges
échappés du ciel, Manuel et Madame de Varennes
pouvaient croire assister au cinquième jour de la
création. Ils se tenaient debout sous l'ombre de
quelques châtaigniers, réunis en groupe comme
une même famille, le soleil à leur droite, à leurs
pieds la rivière où ses rayons brillaient comme
des paillettes d'or et d'argent; puis de l'autre côté
un côteau couronné de bois, qui commençait
par une pente douce, et s'élevait pendant
deux lieues sur la gauche de celui où ils s'étaient
arrêtés.

La cime des arbres s'épanouissait déjà diverse-
ment nuancée : là d'un vert vif et noir, ici
jaune et presque flétrie, plus loin pâle et souf-
frante, autour de ce rocher, encore jeune et parée; c'était comme la vie humaine dans ses pha-
ses opposées, avec sa puissance et sa faiblesse.
Déjà tombait la feuille morte, à côté de la feuille
vivante qui devait bientôt tomber à son tour et la
suivre. N'est-ce pas là le siècle dont chaque année qui passe entraîne une année avec elle, jusqu'à ce qu'elles se soient toutes abîmées dans le
gouffre de l'éternité?

Quelques gouttes d'eau s'échappaient des branches pliantes, et coulaient lentement une à une sur

la bruyère : ou bien un instant suspendues à l'écorce, traversées par la lumière oblique du soleil, elles formaient comme un collier de perles liquides.

— Pensez-vous, Manuel, dit Madame de Varennes, qu'aucun homme ait pu vivre en face de tant de merveilles, sans une croyance religieuse ? L'athée ne me paraît possible qu'enfermé dans les murs de sa ville corrompue... mais en présence d'une nature si belle et si riche... — Elle baissa tout à coup sa voix qui commençait à s'animer, et ajouta en riant : — Pardon, mon ami, voilà des idées qui ne vont pas aux femmes, n'est-il pas vrai ?

Sans lui répondre, Manuel la regarda avec une expression qui pouvait se traduire ainsi : — Sur quelles choses n'avez-vous pas droit de parler et d'être écoutée !

— Je suis fatiguée, reprit-elle. Si vous le voulez bien, nous allons nous asseoir ; mes enfans ont sans doute aussi besoin de se reposer.

Elle lui montra à quelques pas de là, dans un carré, un vieux chêne dépouillé de ses branches, et ils se dirigèrent de ce côté. Comme l'herbe était encore humide, Manuel cueillit des fougères sèches, et en improvisa une natte étroite pour

Madame de Varennes. Elle voulut qu'il la parta-
geât avec elle... Les enfans s'éloignèrent un peu,
et ils restèrent seuls appuyés contre le tronc de
l'arbre, si près l'un de l'autre qu'ils se touchaient,
et que les battemens de leurs artères pouvaient
presque se confondre.

Le ciel était devenu pur, le vent s'était apaisé,
l'atmosphère se parfumait de la brise du soir. Au
bout d'un sentier qui s'ouvrait devant eux, ils
découvraient un petit village ramassé au pied
d'un château gothique, en avant du monastère,
et à droite et à gauche, des masses de bouleaux à
la blanche tige et à la tête panachée. Ces arbres
pâles et fantastiques, que la nuit on prendrait
pour des fantômes qui se lèvent de la terre des
morts, donnaient au tableau un aspect grave et
mélancolique.

— Êtes-vous bien ici, mon amie? demanda
Manuel après un assez long silence, et en se tournant vers Madame de Varennes.

C'était la première fois qu'il l'appelait de ce
nom; aussi elle en rougit de surprise — et de
plaisir. Son front à moitié penché sur l'épaule de
Manuel, s'y reposa tout-à-fait; car devant ces
deux mots tombèrent toutes les craintes et toutes
les méfiances de Madame de Varennes.

—Mon amie, répéta-t-il avec cette voix douce et musicale qui, en vous disant : j'aime! vous imposait la nécessité de la croire, — mon amie, les plus beaux aspects de la nature sont ceux qu'on voit réfléchis dans les yeux d'une femme adorée. Peintre, c'est là que mon pinceau eût été chercher ses plus brillantes couleurs ; poète, que ma plume eût trouvé ses plus magiques inspirations ! En contemplant dans vos yeux cette vallée, ces montagnes, cette rivière, pour moi elles s'animent et se vivifient de toute la vie et la puissance de votre regard !

Madame de Varennes releva la tête comme pour répondre à ces paroles, sur le sens desquelles elle ne pouvait se méprendre ; mais l'abaissant presque aussitôt sur sa poitrine, elle parut hésiter et livrée à un combat intérieur. Mais sa main était abandonnée à la main de Manuel, qui la pressait et qui la mouillait de ses baisers... Mais quelques larmes, les plus douces qu'une femme puisse répandre, s'échappaient de ses yeux attendris... O il n'y avait plus chez Madame de Varennes ni coquetterie, ni défense, ni art de se livrer. C'était le premier amour de cette femme qui s'était donnée à un mari qu'elle n'avait pas *aimé*. Le feu sacré était resté au fond de son cœur inconnu à elle-même. Mais si tard dans la vie, si loin de sa source, si long-temps comprimé, ne devait-il la tuer dans l'incendie qu'il allait allumer ?

Ah ! si elle avait osé, si la crainte — cette crainte, qu'on a nommée du doux nom de pudeur, — ne l'avait retenue, elle se serait jetée dans les bras de Manuel, et elle lui aurait dit : je suis à toi, toujours à toi ! C'était le secret des larmes qu'elle n'avait pu arrêter ; mais Manuel, à qui les apparences de l'amitié en imposaient sur l'amour, ne comprit pas la position qu'il occupait dans son cœur ; et ses désirs n'allèrent pas plus loin dans leur expression, que cette main passée dans sa main, et qu'il portait à ses lèvres pour toute volupté. Il craignait trop de perdre le bien qu'on lui accordait pour en demander un plus grand ; parce que ce bien il ne savait à quel titre il le devait, parce qu'il ignorait si les sensations étaient égales et les mêmes des deux côtés ! et il s'enivrait en jeune homme de ces premières faveurs qui nous sont toujours si chères.

Une heure était passée rapide et inaperçue sur la tête des amans ; le soleil en déclinant prolongeait l'ombre des arbres environnans. Ils étaient encore loin du monastère, et ils voulaient y rentrer avant la chûte complète du jour. Il fallut

bien quitter ce lieu et les émotions qui s'y ratta-
chaient ; il fallut bien se lever. Madame de Varennes reprit le bras de Manuel, et ils abandon-
nèrent à pas lents le vieux chêne dépouillé, témoin du bonheur le plus chaste qu'ils eussent
jamais connu l'un et l'autre, bonheur sans regret
et sans repentir.

Ils s'étaient parlé comme amis, mais le son de
leur voix, mais l'expression de toute leur personne, mais leur hésitation, mais leur retenue,
tout cela était de deux amans dont le cœur s'est
déjà entendu à huis-clos. On eût dit qu'ils trouvaient à cette demi incertitude extérieure, un
charme qu'ils ne voulaient pas rompre ; comme
s'ils avaient craint cette persévérance du desir
qui va toujours au-delà de ce qu'il a obtenu, que
rien n'arrête dans la vie, et qui comme les fleuves, grossit à mesure qu'il s'avance, pour se
perdre aussi dans un océan, — l'infini !

Le spectacle éloquent de cette nature grande et
vigoureuse, en les exaltant, éleva leur âme jusqu'à la divinité. Elle alla reprendre son innocence à la source de toute innocence. Rien d'im-
pure ou de corrompu ne se mêla à leurs pensées d'amour pendant cette promenade ; ils
étaient devenus forts et croyans, capables de

toutes les belles choses, de tous les dévouemens
que le cœur commande et que le cœur récom-
pense. La vertu est un bien qui ne peut être
compris que par celui qui n'a pas toujours été
vertueux. Satan redevenu ange aurait sans doute
égalé Dieu dans la splendeur de sa félicité.

Madame de Varennes et Manuel marchaient
avec tant de lenteur, que la nuit arriva bien avant
leur retour au monastère. Madame de Varennes
avait desiré qu'ils y rentrassent par le lac, dont
les eaux venaient mourir au pied de ses murs ;
mais le chemin était de beaucoup le plus long,
et il avait exigé un détour qui leur prit un
temps considérable. Pourtant, après quelques er-
reurs, après s'être perdus et retrouvés plusieurs
fois, ils touchèrent les bords du lac et montèrent
une barque qui y était amarrée. Madame de Varennes et ses deux filles restèrent debout à l'une
des extrémités de cette barque, et Manuel se mit
à ramer, les yeux fixés sur elle, plus occupé du
bonheur de la voir, que du frêle esquif qui les
portait tous les quatre.

L'aimait-elle ? Il se le demandait. Mais quoi
se répondre ? Elle était là devant lui, et il ne
pouvait songer à l'interroger. C'était l'heure des
molles rêveries, où l'âme est sans audace et comme

endormie sous les sensations, où tout est permis à l'imagination, où la réalité ne vaudrait peut-être pas la chimère. Madame de Varennes baissait la tête de temps en temps, comme pour échapper aux regards dont l'expression la pénétrait profondement; ou bien elle jetait les yeux autour d'elle, tantôt les reposant sur l'horizon sombre et mate, qui découpait ses masses d'arbres et de rochers sur un ciel sans lune ; tantôt contemplant la surface limpide du lac où se réfléchissaient les pâles étoiles. La barque fuyait silencieusement. La rame brisait l'eau avec précaution. Manuel et Madame de Varennes étaient muets d'émotion ; leurs lèvres ne murmuraient pas une parole. Aucun bruit ne troublait le silence solennel de la nuit.

Cependant, au milieu du lac, Madame de Varennes dit à Manuel : — Prenez garde, mon ami, nous allons échouer contre ce pavillon.

Manuel détourna la tête, et aperçut un kiosque dans le gout oriental, à quelques pas de l'avant du bateau ; il vira promptement de bord, et poussa au large. Mais Madame de Varennes le regardant avec tristesse, lui dit : — Il y a pourtant une vieille folle dans ces montagnes, qui m'a prédit que le plus grand malheur ou le plus grand bonheur de ma vie devait m'arriver dans ce pavillon.

— Ah! je sais bien moi, madame, quel y serait mon plus grand bonheur; et si ce bonheur pouvait être aussi le vôtre.....

Manuel n'acheva pas; mais Madame de Varennes caressa avec amour ses deux filles, qu'elle venait de faire asseoir près d'elle, sur le banc d'arrière. — A qui ces caresses étaient-elles destinées?

Maintenant il fallait qu'ils fussent seuls, entièrement seuls... Leur exaltation aurait eu honte de se produire devant des témoins, quels qu'ils fussent. Elle était arrivée à ce point où un seul mot suffirait pour briser tous les efforts de la volonté qui la contient à peine, où elle ne peut être comprimée que sous les liens d'un silence absolu.

La barque fut attachée à un saule-pleureur qui la cacha sous ses branches tombantes; et ils mirent pied à terre. Alors il leur sembla qu'une ombre se glissait le long des murs du monastère, mais si rapide, si inappréciable, qu'on pouvait à peine l'affirmer.

Manuel ne s'y trompa point. — Eh quel autre que Detto les aurait ainsi attendus?

Tout le monde était en alarmes au monastère. On avait couru de tous côtés à la recherche des promeneurs. Madame de Varennes la mère se désespérait. Elle voulut embrasser tous ses enfans, elle voulut que tous lui parlassent, pour se convaincre qu'on ne la trompait pas, que c'était bien eux, eux sains et saufs, les deux filles de sa bru, ses deux petites filles à elle ! Puis, quand elle fut bien certaine que son cœur n'avait à gémir d'aucun malheur, elle dit à Manuel :

— Monsieur le comte de Neismen, vous avez un jeune serviteur qui vous aime beaucoup. C'est un trésor que l'amour de nos serviteurs, Monsieur le comte, il faut en être avare et le ménager.

Detto s'appuyait à la porte d'entrée, pendant qu'elle prononçait ces paroles.

— Mon seigneur, dit-il à Manuel en italien, est-ce que tu veux me renvoyer à Rome?

Et comme Manuel contractait ses lèvres pour lui répondre, il ajouta plus haut en français :

— Monsieur le comte, les chevaux sont à la voiture.

— Et depuis long-temps ! reprit la vieille aveugle. Pauvres bêtes, elles ont bien pu s'impatienter.

— Nous allons partir, madame, et nous irons vite, je vous jure.....

— Oh ! non, non, pas vite, on pourrait ver-

14

ser, et ces chers enfans!...... O mon Dieu, cette pensée me fait trembler.

— Vous commanderez, madame, répondit Manuel, que la durée du retour, quelque long qu'il fût, ne devait pas effrayer.

Comme on était près d'arriver, Manuel murmura à l'oreille de Madame de Varennes :

— Avoir passé deux heures, la nuit, à côté d'une femme aimée, avoir pressé ses genoux, avoir senti son épaule frémir contre son épaule..... mais il vaudrait autant mourir que de la quitter ensuite sans qu'elle vous ait dit dans un baiser : — O! tu m'aimes, n'est-ce pas?

Madame de Varennes ne répondit pas, mais elle ne retira point sa tête, dont Manuel touchait les cheveux avec ses lèvres ; et lorsque la voiture fut arrêtée, avant que de descendre, elle lui dit, avec un accent dont la tendresse le fit tressaillir :

— Je vous retiens à souper, mon ami. Vous avez faim, n'est-il pas vrai? Nous avons dîné de si bonne heure, et nous avons tant couru!

— O oui, restez, Monsieur le comte! dirent les enfans.

— Restez, dit aussi la vieille mère.

Manuel pressa la main de Madame de Varennes :

— Detto, dit-il à son esclave, tu rentreras avec ma voiture. Les chevaux sont fatigués. Je reviendrai à pied.... bientôt, dans une demi-heure. Il est inutile qu'on m'attende.

Detto s'inclina muet et respectueux, et s'assit à la place où Manuel était assis à côté de Madame de Varennes; et il fallut que Georges Williams le prit dans ses bras pour le descendre à l'hôtel du comte de Neismen ! Et il était pleurant auprès du lit vide de Manuel, pendant que Manuel, dans la chambre de Madame de Varennes, lui disait :

— O comment pourrais-je vivre loin de toi, maintenant !

XXVII.

Madame de Varennes avait révélé l'amour à Detta. Par elle une révolution subite se fit dans ses idées et jusque dans ses sensations, Madame de Varennes lui apprit les voluptés de l'âme : son mal la gagna, l'amour fut chez elle une maladie d'imitation.

Detta pour la première fois jeta les yeux sur la

condition qu'on lui avait faite. Pour la première
fois elle comprit ce qu'elle était dans la société,
et de quel abîme de honte Manuel l'avait tirée,
elle publiquement déclarée infâme, et qui avait
librement choisi l'infamie.

L'esprit de Detta vieillit tout d'un coup de dix-
sept ans. L'enfant devint femme, sans transition :
l'enfant innocent et pur, femme de prostitution.
Ce fut un vent de mort qui souffla sur sa jeunesse, sur sa vie insouciante, sur son bonheur. Il lui
sembla que son front, ses yeux, sa bouche avaient
aussi changé comme sa pensée, et elle se serait
volontiers cachée dans des ténèbres impénétra-
bles pour se dérober à ses propres regards....
Elle vit le monde tel qu'est le monde ! apparition
foudroyante qui l'écrasa en lui montrant la place
qu'elle y occupait.

Mais pourtant en évoquant ainsi la mémoire
flétrissante du passé, un souvenir doux et frais vint
un instant ranimer son cœur brisé.

Elle se rappela les années qu'elle avait passées avec Fra Paolo dans la cellule, les soins
paternels de l'ermite, et leurs visites aux châteaux, et leurs courses dans les montagnes, et la

prière du soir au pied des rochers, en face de la croix noire surmontée du buis béni et consacré. Delta avait alors une robe de bure, ses cheveux noirs étaient cachés sous un petit chapeau en paille jaune, et de larges sandales enfermaient son pied nu, dont la poussière de chaque jour ne pouvait entièrement effacer la blancheur. C'était alors une pauvre enfant que Delta, mais c'était la plus belle enfant de dix lieues à la ronde!.....

Delta se voyait encore assise sur le seuil de la hutte, au lever de l'aurore, écoutant les premiers chants de l'alouette, et contemplant le paysage d'alentour, encore à moitié voilé sous la vapeur légère que chassait à chaque instant l'éclat plus vif du jour.

O si Manuel avait alors rencontré Delta, s'il avait aimé Delta!...

Et elle songeait qu'à cette heure même, qu'à cette minute, Manuel à côté de Madame de Varennes.... Ah! il y a des pensées si implacables qu'on ne peut rester à leur surface, et qu'elles vous poussent comme avec une verge de fer à les approfondir jusqu'à leurs extrêmes limites .   .

.   .   .   .

Manuel rentra à deux heures du matin, Detta s'était assise sur le lit : ses bras étaient croisés sur son sein, ses grands cils noirs tombaient comme un voile humide sur ses yeux abaissés.

Manuel sourit à son esclave, qu'il aimait — d'orgueil, peut-être, en la voyant si belle, le sourire du maître — et puis il y a dans la vie des momens d'un bonheur si grand, que l'âme semble plier sous son fardeau, comme elle plie si souvent sous celui des chagrins. Il faut que ce bonheur se répande au dehors et se communique ; que, bon gré mal gré, les personnes qui nous entourent en subissent les effets. Manuel, cette tête forte, cette volonté puissante, cette fermeté indomptable, avait été si bien surpris par les délices de cette journée, les heures qu'il avait passées auprès de madame de Varennes avaient été si imprévues et si enchantées, qu'il en ressentit une ivresse morale — ivresse assez complète, assez étourdissante pour le déplacer de sa sphère et le jeter pendant quelques instans dans le tourbillon vulgaire de tous les amans heureux.

Il sourit donc à son esclave il la baisa sur le front, sur les cheveux, sur les épaules, mais

avec une folle gaîté, mais comme un enfant
qui joue... — Detta, je vais me placer à côté
de toi. Nous allons causer, Detta. Il s'est passé
bien des choses, depuis que nous nous sommes
quittés! Madame de Varennes....

Mais il s'arrêta tout-à-coup, car la mémoire
lui était revenue en voyant Detta tout en larmes,
qui se cachait la tête sur son sein, comme pour y
chercher un refuge contre sa douleur.

Detta tenait lieu à Manuel de toute la famille;
c'était son fils, c'était son frère, c'était sa sœur,
il l'aimait de toutes les amitiés qui ne sont pas
l'amour.

— Qu'as-tu donc, enfant? lui demanda-t-il
avec une inquiète sollicitude.

— O mon seigneur, vous ne m'avez jamais
parlé si doucement et jamais votre voix, mon
seigneur, ne m'a fait autant de mal.

Manuel se dressa sur son séant et regarda
autour de lui, comme pour s'assurer que les
paroles qu'il venait d'entendre, c'était bien Detta
qui les avait prononcées.

— O mais tu es malade, Detta! s'écria-t-il
avec effroi.

— Malade? reprit-elle.... oui mon seigneur
comme vous l'étiez il y a quelques jours!

.. Et lui montrant son cœur : —Le mal est là, comme il était là chez vous.... ô vous , vous avez guéri, et moi je ne guérirai pas. Vous, vous avez été entendu, et moi je ne le serai jamais.... Tiens vois-tu , mon seigneur , tes lèvres sont encore chaudes des baisers qu'elle t'a donnés... toute ta personne la respire encore , mon seigneur!.... tu as été bien heureux auprès d'elle n'est-ce pas? O elle doit t'adorer à genoux! quelle femme ne t'adorerait pas? mais que t'a-t-elle fait pour être aimée? car toi aussi tu l'aimes....

—Tu es folle! lui dit Manuel avec tristesse.

— Folle! reprit-elle douloureusement, ô non je ne suis pas folle aujourd'hui. Ce que je dis là est bien vrai! je le jurerais sur les saints évangiles. Folle! oui Detta a été folle, c'est lorsqu'elle a demandé à vivre auprès de toi sans amour, lorsqu'elle s'est vendue....

—Mais mon enfant, il était convenu.....

— Oui, oui cela était convenu. O je n'ai pas été jalouse de tes autres maîtresses, parce que tu leur préférais Detta , et qu'une femme peut toujours être heureuse quand elle est préférée. Mais à présent je le sens bien, j'ai bien deviné cela, moi, je te gênerai ou je te serai inutile ; ce n'est plus auprès de Delta que tu viendras pleurer, ce n'est plus Delta qui prendra ton front sur ses genoux et qui te dira : — Où souffres-tu ?.... Delta ne sera plus jamais dans tes bénédictions ;.... et si tu étais moins généreux, tu fermerais à ton esclave la porte de cette chambre, car tu n'as plus besoin qu'elle soit habitée par elle.... N'est-ce pas vrai, cela, mon seigneur ! réponds-moi, ô réponds-moi !

Mais Manuel accablé de fatigue s'était endormi presque sans comprendre cette douleur; et Delta, après l'avoir regardé quelques instans avec un désespoir passionné, murmura d'une voix éteinte en pressant son front entre ses mains : — Mon bonheur est fini !

XXVIII.

Madame de Varennes comprit qu'il y avait pour elle dans son amour une question de vie et de mort, car cet amour était le premier qu'elle eût jamais éprouvé, et il lui était venu avec ce concours de circonstances fatales, qui pèsent de tout leur poids, en bien ou en mal, sur la destinée.

D'ailleurs, Manuel devait rendre un autre

amour, impossible à la femme qui l'avait aimé. Il possédait, et au plus haut degré, la puissance qui l'impose pour toujours au cœur et aux sens. Manuel était parfaitement artiste, c'est-à-dire original et unique. Maison, meubles, costumes, tout jusqu'à son poignard, portait le cachet de Manuel. A ces seules marques extérieures, on pouvait le reconnaître entre mille. C'était son style à lui qui *n'écrivait pas*, — style qui n'appartenait qu'à lui.

Il était un de ces hommes qui ne ressemblent qu'à eux-mêmes, et qui ne se ressemblent pas toujours, un de ces hommes qui frappent l'imagination par la variété de leurs aspects, et la forcent à s'occuper d'eux; hommes recherchés et adorés par les femmes ennuyées. — Il savait faire pleurer une maîtresse par la seule inflexion de sa voix, et quand il le voulait, habile mais involontaire comédien, son front et ses yeux semblaient se retourner, et se montrer à l'envers, de fer et d'airain. Il était exalté et triste, pacifique et violent, poétique et désenchanté, sans qu'on put deviner la cause qui changeait ainsi tous ses tons. Parfois il tombait à terre et s'y traînait quelque temps lâche et désespéré, mais semblable à l'aigle blessé qui va se relever avec la foudre, et pousser avec éclat son vol jusqu'au soleil.

Il n'y avait peut-être que Manuel devant qui dut faillir Madame de Varennes. Pour passionner les femmes d'une raison froide et logique, et qui n'ont pas érigé l'adultère en principe, il faut une de ces exceptions de l'existence humaine, un dieu ou un démon. Aussi leurs fautes pourront s'élever jusqu'au crime, mais ne descendront jamais jusqu'au vice. Avec l'amant qui les a vaincues elles pourront connaître les remords, mais la honte ne saurait les atteindre.

.   .   .   .

Pour Manuel et Madame de Varennes, pour ces âmes d'élites, la nature avait des trésors inconnus aux âmes vulgaires. L'aspect sauvage des forêts, la cime escarpée des montagnes, les torrents tombant des rochers, le choc des nuages, l'harmonie des fleurs, tout devenait à leur amour, une occasion solennelle de poétiques jouissances.

O il faut plaindre les amans que le sort a emprisonnés entre les quatres murs d'un salon, ou d'un boudoir; ils sont rapetissés aux mesquines proportions de la scène, il semble que leur amour se soit étiolé comme leurs traits pâlis à

la lueur des bougies, il marche à petits pas et
en rampant, réduit à toute la poësie d'une causeuse
ou d'un ottomane. Ah! qu'ils aillent donc respirer
la vapeur mordante de l'Océan, se mouiller à
l'écume de la cataracte, escalader les rochers,
cueillir eux-mêmes la violette des bois, que chaque
jours on leur en apporte demi fanée, écouter
avec recueillement ce silence imposant de la nuit
au milieu de la plaine... et puis, ils sentiront
qu'avec la vie qui bat plus puissante et plus
active au fond de leur poitrine, l'amour aussi a
grandi, et s'est élevé à la hauteur des sublimes
merveilles qu'il auront contemplées.

Souvent Manuel et Madame de Varennes assis
au bord de la rivière passaient de longues heures
à voir son eau limpide couler doucement devant eux. — Il y a quelque chose de singuliè-
ment uniforme dans ce spectacle, et cependant
cette uniformité vous attache. Serait-ce que
l'âme se repliant sur elle-même, chercherait à
découvrir là quelque grand secret de la nature?
Cette eau qui passe insensible et sans bruit, va
grossir l'océan où elle deviendra vague mugis-
sante. Et combien il en passe dans une heure!
Qu'une feuille de l'arbre riverain se détache de
sa tige, vous la voyez tomber et partir : et alors

vous la suivez de l'œil en vous disant : —où ira-t-elle, aujourd'hui, demain, dans huit jours?.... Il semble aussi que sur l'eau tombent vos pensées une à une, et que l'eau les recueille et les emporte pour les raconter à un être mystérieux, inconnu, que votre âme soupçonne sans le définir, qui vous apparaît sur un rayon de la lune, dans vos rêves légers, dans le crépuscule vaporeux du soir, mais qui ne s'est jamais arrêté un seul instant devant vous.

Abrités sous le feuillage d'un saule, les arbustes qui s'élevaient autour d'eux, dérobaient les amans à tous les regards : et dans leurs momens d'extase et de muette ivresse, Manuel pour Madame de Varennes, Madame de Varennes pour Manuel, c'était tout l'univers.... Le monde finissait où finissait leur horison! Madame de Varennes avait oblié ses enfans, Manuel avait oublié Delta....

D'autres fois, Manuel entraînait son amie sur la trace des monumens celtiques, et, reposés tous deux sur la pierre qui avait servi aux sanglans sacrifices, leurs baisers se mêlaient aux souvenirs éloquens du passé évoqués par Manuel. Là ils attendaient le coucher du soleil, dont les derniers rayons doraient la cîme des bouleaux

15

et des chênes plantés au flanc des coteaux..... Et ensuite, à la faveur d'une demi obscurité, ils regagnaient à pied et inaperçus les murs du monastère.

Pendant un de ces trajets, madame de Varennes, s'appuyant fatiguée, sur le bras de Manuel, lui dit avec un accent plein de tristesse : — O mon ami, combien de temps notre bonheur doit-il durer encore?

— La mesure en est dans les mains de Dieu, répondit-il.

— Oui, mon ami; et quoique ses desseins soient un secret pour nous, je devinerais bien.... O ne va pas t'offenser de cette pensée, je ne veux pas insulter à ton cœur... mais je devinerais bien que bientôt je ne lui suffirai plus. Pour nous autres femmes, l'amour c'est toute notre vie ; avec l'amour, rien ne nous manque ; mais il faut un autre aliment à votre imagination et à votre besoin d'action. A Paris, le monde que tu aurais fréquenté, ce mouvement littéraire dont chaque flot serait venu battre à tes pieds, ce tumulte qui remue chaque habitant de la grande ville, l'enlève à la vie privée et le force en quelque sorte à des-

cendre sur la place publique, auraient rempli ces
instans de vide pour lesquels une femme ne peut
rien, et de longues années auraient passé peut-
être sur ton amour sans l'emporter. Mais ici une
heure viendra, et cette heure n'est pas éloignée
sans doute où, assis auprès de moi, distrait et rê-
veur, tu attendras avec impatience la fin d'une
soirée que, par égards, tu m'auras donnée : et
de cette heure-là, vois-tu, mon bonheur sera
perdu, car je ne serai plus aimée! Mon ami, re-
nonçons à ces entrevues si fréquentes. Pour en
éloigner le terme fatal, n'abusons pas de l'a-
mour.

— Tu ne crois donc pas à l'amitié qui survit
à l'amour? répondit Manuel avec amertume.

— Mon ami, je ne t'ai pas offensé, n'est-ce
pas? Le ton que tu viens de prendre me rappelle
une époque... O ne me parle plus ainsi... Autrefois j'ai subi l'expression de cette voix avec courage et sans baisser la tête, mais aujourd'hui elle
me tuerait.

— Aujourd'hui tu es une enfant, dit Manuel en
serrant contre sa poitrine le bras qu'il soutenait.

— Vous allez vous enfermer dans votre cabinet et vous livrer à quelque noble travail d'art ou de poésie.... Vous êtes un homme de génie, Manuel, vous pouvez vous illustrer dans les lettres, et vous avez besoin d'illustration.... Il est impossible que vous viviez ignoré, aussi impossible qu'il l'a été à l'empereur de respirer dans l'étroite prison de Sainte-Hélène. Voyons, tu vas travailler, n'est-ce pas? tu feras quelque beau livre, quelque poème, comme ceux de Châteaubriand, de Madame de Staël ou de G. Sand.

Manuel la regarda avec étonnement ou peut-être avec admiration, car il faut écouter à genoux une femme qui nous tient un pareil langage.

— Amélie, vous vous trompez : je ne suis pas fait pour briller sur la scène du monde littéraire. Je n'ai jamais eu dans mes forces la foi nécessaire pour arriver au premier rang, et quant au second....

— Il m'a pourtant semblé, répondit-elle en lui posant la main sur le front, qu'il y avait là une source de grandes et belles choses.

— Mais si la main de Dieu l'y a enfermée pour toujours!

Il s'arrêta un instant, leva les yeux avec enthousiasme vers le ciel, et continua ainsi :

— Ah! tu as dit vrai peut-être ; je crois l'avoir reçu ce don du ciel dont ta main cherchait l'empreinte sur mon front ; mais, Amélie, c'est là un don presque toujours fatal à celui qui l'a obtenu aux mêmes conditions que moi, car il le déplace dans cette société où il n'a aucun titre avoué, et où chacun s'arroge impunément le droit de le heurter du coude, en disant : — Que fait-il ? quel est son état ? — C'est un don fatal, car nous voulons être appréciés ce que nous valons, et lui ne le sera jamais. Oui, Amélie, j'ai l'orgueil de croire à cette puissance intérieure à laquelle vous faites appel ; mais aussi je suis convaincu que jamais elle ne se produira au grand jour. O j'ai été plus d'une fois tenté de rendre ces émotions profondes, ces exaltations délirantes qui se sont emparées de moi sur l'Océan au milieu de la tempête, au sommet du Vésuve éteint, au Colysée, pendant les belles nuits du beau ciel d'Italie!.. Mais du moment où j'écrivais le premier mot, l'inspiration m'échappait impitoyablement, et ces brillantes couleurs sous lesquelles elle était éclose, se ternissaient à la fois. Je me re-

trouvais en face de moi-même froid et glacé,
comme devant un songe interrompu dont tout le
charme s'est évanoui au réveil. Alors, voyez-
vous, Amélie, j'ai brisé ma plume et je me suis
condamné à porter dans ma poitrine la lave du
volcan appelé poësie, qui ne pouvait se répandre
au dehors. Oui, dans ses improvisations, ma
pensée a peut-être égalé Byron et Dante; oui, si
alors tous ses jets soudains, tous ses transports,
tous ses éclairs avaient pu être recueillis, j'aurais
aujourd'hui un nom qui ne le céderait en éclat à
aucun autre nom.... Mais lorsque j'ai voulu en
ressaisir les lambeaux et les réunir.... Si vous
saviez de quelle hauteur je suis descendu.....

Il s'arrêta un instant comme étonné de la
chaleur avec laquelle il avait prononcé ces paroles, mais bientôt il reprit sur un ton qu'il s'efforça de rendre plus calme :

Je comprends bien aujourd'hui la mort de ce
jeune homme, qui se tua il y a deux ans sur un livre
médiocre qu'il venait de publier.... Vous l'avez
connu ce jeune homme : il avait de la poësie dans
la tête et au cœur : mais le malheureux s'était
abandonné à la soif funeste des réputations im-
provisées; il lui fallait des années pour toucher
le but, et il voulut y atteindre en quelques mois.

Aussi, au milieu de cette course qu'il voulait faire trop vite, il tomba épuisé, hors d'haleine, désespéré des forces qui lui manquaient. Et lorsqu'il regarda autour de lui, lorsqu'il chercha la main puissante qui devait le relever, il ne rencontra que le rire insultant de la critique, et il en mourut. Il ne put supporter la distance qui séparait son œuvre de sa pensée. Il était de cette rare espèce qui croit au génie, qui croit à l'amour, qui croit à la vertu, mais qui croit surtout à la gloire; et c'est l'œuvre seule qui la donne! Homme de toutes les illusions, il les perdit toutes en perdant celle de la gloire qu'on lui prédit impossible, et quand elles furent anéanties, il lui fallut aussi rentrer au néant....

O combien il en est mort de ces poètes qui n'ont jamais fait un bon vers, qui n'ont jamais écrit une page de bonne prose. Ils sont morts avec le feu sacré, consumés intérieurement. Les moyens de parler, de jeter le cri du génie qui prend terre, leur ont manqué; ils ont vu la rive où ils pouvaient aborder, ils ont vu le ciel où ils pouvaient voler, et ils sont tombés loin de cette rive et loin de ce ciel. Ils sont tombés obscurs et ignorés ces poètes dont les ailes avaient été coupées...

Méconnus par la société, ils n'ont pas consenti à y rester méconnus. Ils en sont sortis par la porte d'honneur, ils se sont tués ! et ils ont eu raison, la mort les a vengés d'une vie désenchantée.

Madame de Varennes s'était émue à ces der-nières paroles de Manuel ; elle pencha la tête sur son épaule avec des larmes aux yeux. Mais lui la pressant avec amour, lui dit :

— Non, Amélie, je n'écrirai pas. Je vivrai près de vous et pour vous, et c'est seulement sur votre cœur que Manuel sera poète.

XXIX.

Manuel et madame de Varennes nourrissaient leur amour de toute l'influence des sensations extérieures, et craignant l'ennui qui naît de l'uniformité jusque dans les passions, ils variaient avec une intelligence d'artistes les émotions qu'ils se créaient.

Ainsi, la nuit ils abandonnaient la ville, et cou-

raient au monastère emportés par le pas pressé
des chevaux. C'était une nuit sans lune qu'ils
choisissaient alors, mais une nuit avec un ciel
pur, avec une brise de sud, une brise de la Mé-
diterrannée, embaumée des parfums de Chypre
et de Palerme.

Ils détachaient une barque de l'amarre, et puis
les rames flottantes, assis près l'un de l'autre, ils
se laissaient aller à l'aventure sur le lac, au souffle
léger qui les poussait d'un mouvement insensible
vers le bord opposé.

Souvent Manuel, la tête penchée sur sa poitrine
semblait enfermé dans une de ces douleurs mys-
térieuses dont son esclave avait eu si longtems
seule le secret.... mais Madame de Varennes
s'était habituée à le voir captif dans sa pensée, et
elle s'enivrait de ce spectacle.... car après une
heure ainsi passée, lorsqu'elle le réveillait et lui
disait : — D'où vient donc ton âme?

Manuel reposant sur elle un regard profond
et inspiré, lui récitait tout un poëme qu'il avait
improvisé à ses côtés.

Mais quelquefois aussi son âme, semblable à une

lyre dont les cordes sont détendues, restait silen-
cieuse et muette.

Une de ces nuits que la poésie, remontant ainsi
en lui-même vers sa source, ne pouvait sortir et
répondre à l'appel de Madame de Varennes,
Madame de Varennes dit à Manuel :

—J'ai tout appris, je sais tout : et comment,
et dans quel lieu tu as rencontré Detta, et les conditions du marché par lequel elle s'est vendue à
toi. Si tu l'avais achetée jeune fille honnête et
pure, je te mépriserais comme un lâche, mais
ainsi déshonorée et perdue, ce n'est point une des
moins belles actions de ta vie.—Ah! tu n'as
point cru sans doute que le rôle véritable de
Detta me fut toujours inconnu : mais tu t'es peut-
être demandé comment, dès que j'ai pu comprendre quel lien l'attachait à toi, je n'ai pas
exigé que tu choisisses entre moi et Detta.—La
jalousie est de l'essence de l'amour.... la femme
qui n'en conviendra pas au fond de son cœur n'a
jamais aimé.—Mais, moi, de quoi serais-je jalouse? de quoi pourrais-je me plaindre? N'est-ce
pas Detta qu'on sacrifie, Detta qu'on abandonne,
Detta qui pleure et qu'on fuit parce qu'on craint
sa présence comme un reproche? Ah! loin de

me jeter à tes genoux pour te dire : — Eloigne là,
— je viens te prier, ami, d'être bon maître à ton
esclave, afin que mon bonheur ne soit pas acheté
trop cruellement aux dépens du sien !...

Manuel ne répondit pas, mais quand elle se
pencha vers lui pour lire dans ses yeux l'impression que ses paroles avaient produite, elle vit
de grosses larmes qui sillonnaient ses joues et
tombaient goutte à goutte sur sa poitrine.

— Ah ! je ne croyais pas vous faire tant de
mal, lui dit-elle...

— Ni tant de bien, murmura-t-il en l'atti-
rant sur son cœur, et en mouillant son front des
pleurs dont ses lèvres étaient encore humides.

XXX.

Il y avait déjà plus d'un mois qu'il existait entre Manuel et son esclave, une véritable séparation. Detta ne paraissait plus devant lui ; elle sortait de l'hôtel dès le matin et n'y rentrait le soir que fort tard.

Elle passait tout le jour à errer dans les montagnes, à revoir les lieux qu'elle avait visités avec Manuel, et ceux, hélas! où Manuel et Madame de Varennes s'étaient promenés amans si heureux.

Bien souvent Manuel et Madame de Varennes la reconnurent au loin devant eux, assise sur la pointe d'un rocher, les regards fixés sur la route qu'ils avaient suivie : mais dès qu'elle s'en croyait aperçue, elle descendait et disparaissait tout-à-coup.... et pourtant le soir en regagnant la ville, ils la rencontraient encore qui fuyait sur leur passage.

Etrange caprice du cœur! Elle avait besoin du spectacle de cet amour qui la brisait! Elle trouvait une amère volupté dans l'exagération de sa douleur! mais ne voulant pas que sa présence fût maudite par Manuel, comme un remords, elle se cachait pour voir son bonheur.

La nuit, lorsqu'il la passait à l'hôtel, Detta entrait furtivement dans cette chambre qu'elle habitait autrefois avec lui, et à genoux au chevet du lit, elle le regardait dormir.... et Manuel qui l'avait vue entrer, pour ne pas lui enlever le seul bien qu'il put lui donner, fermait éveillé,

ses paupières sous le regard humide de Detta !
ô qu'il lui fallut de courage pour ne pas prendre
le main de son esclave, la baiser, et dire :
— Soyons amis Detta ! mais au moindre mouvement Detta se fut retirée, et il restait immobile,
et muet devant elle, pour ne pas la chasser.

Sans l'amour Detta pouvait être si heureuse !

Un jour Manuel fut retenu au lit par une
fièvre violente... Detta passa tout le jour auprès
de lui... elle crut que le mal allait se prolonger,
qu'il aurait encore besoin de ses veilles... seul espoir auquel elle put maintenant se livrer !... mais
la nuit emporta la fièvre, et le lendemain Manuel
courut se jeter aux pieds de Madame de Varennes.
et lui demander le prix des heures qu'il avait
vécu loin d'elle.

Detta sortit aussi de l'hôtel. Elle s'achemina
lentement vers le monastère ; et là, les coudes
appuyés sur le parapet des murs du jardin, serrant entre ses mains sa tête brûlante, elle pleura
sa dernière espérance détruite.

Quelle destinée ! quel martyre ! car Detta était
seule, entièrement seule. Pas une âme à qui se
confier, pas un visage qui lui sourit ! jamais

créature avait-elle plus complétement isolée !.... Le monde pour elle, c'était Manuel..... Manuel lui manquant, le monde avait péri.

Elle chercha dans l'étude une consolation, et bientôt elle eut retiré de l'étude, tout ce que l'étude peut donner, car il y avait aussi du génie dans la tête de cette enfant. Mais l'étude n'est un bien que dans le silence des passions : ceux qui souffrent le plus, sont ceux qui savent le plus !

Pourtant elle aimait à lire les livres que Manuel avait lus, et déjà Byron ne quittait plus Detta. Cette malédiction jetée à la face de Dieu, trouvait un écho dans son cœur, et comme lui, et avec lui elle criait aussi vengeance contre la création.

Quelquefois elle se disait : l'avenir est à moi ! un jour ils ne s'aimeront plus, et Manuel reviendra à Detta, qui pourra à son tour le comprendre, et parler avec lui d'arts et de poésie ! Et reprenant courage dans cette pensée, elle veillait avec Gœthe et Schiller.

Mais bientôt retombant dans la réalité elle repoussait ces livres avec colère et en leur disant : vous m'avez trompée !

Car les mois succédaient aux mois, une année
s'était écoulée, et rien n'était changé autour de
Detta. Elle n'avait plus à compter sur l'inconstance des affections humaines. L'amour, que tant
de jours de bonheur n'ont pas refroidi, est à
l'épreuve du temps. Le terme ne peut en être
prévu.

Detta sentait que la vie l'abandonnait... elle pouvait à peine se soutenir sur ses jambes affaiblies...
son front s'était flétri. Autour de ses yeux se creu-
sait ce grand cercle noir, sous lequel la mort se
dissimule quelque temps, avant de se montrer tout-
à-coup. Sur les côtés de sa bouche autrefois si
pure et si fraîche, l'insomnie s'était gravée en
deux lignes jaunes et saillantes qui frémissaient à
la moindre impression... déjà même la force lui
manquait pour souffrir...

Elle craignit d'attrister Manuel par le spectacle
de sa douleur, et elle prit la résolution de le
quitter : mais avant d'exécuter cette résolution,
elle lui écrivit cette lettre d'adieu :

XXXI.

« Vous ne reconnaissez par la main qui vous écrit cette lettre, et pourtant elle a été souvent pressée par votre main, et pourtant elle s'est souvent posée sur votre cœur..... Detta ne savait rien quand vous l'avez prise avec vous, elle ne savait pas même lire un mot dans un livre! elle a eu honte de son ignorance, elle l'a accusée

avec colère, elle a pensé qu'en *apprenant*, elle
deviendrait plus digne de vous, et elle a appris..
mais elle a été une enfant de croire à cette folle
espérance : vous ne l'en avez pas aimée davantage,
et elle n'a trouvé dans l'étude qu'une plus grande
intelligence de son malheur.

Ah ! pourquoi ne m'avez vous laissée courti-
tisanne à Rome ! J'y aurais vécu infâme, mais j'y
aurais vécu heureuse sans doute ! et si nous ne
devons pas vivre plus loin que notre vie, le bonheur est-il donc trop payé — même par l'infamie ?

O pourtant je ne vous maudis pas, c'est ma
destinée qui est maudite..... Vous avez voulu
élever jusqu'à vous une femme avilie, mais
vous n'avez pu empêcher que vous et elle ne
vous souvinssiez de son origine, et avec ce
souvenir pour elle et pour vous, elle est toujours
restée le pied dans la fange, quand même en
votre présence un rayon du ciel venait à briller
sur son front ! à cause de ce souvenir, vous mon—
seigneur, quelque belle qu'elle fût, vous vous êtes
senti la force de ne l'*aimer* jamais, mais elle, en
se purifiant auprès de vous, elle a retrouvé l'âme

qu'elle croyait avoir anéantie dans la prostitution, et l'amour qui s'en est emparé, l'a torturée
impitoyablement.

O j'ai longtemps ignoré cet amour, j'ai long-
temps essayé de croire que j'étais heureuse du
rôle que vous m'aviez assigné..... mais quand
cette femme est venue se jeter à la traverse,
quand elle vous a soumis, quand vous n'avez plus
connu de joie et de tristesse que par elle et
pour elle, ô alors vois-tu, monseigneur, j'ai rencontré au fond de mon cœur une haine si forte
contre cette femme, que je l'ai bien compris, l'a-
mour seul pouvait l'avoir enfantée.....

Mais aussi tu ne m'as rien caché! on dirait
que tu m'as voulue pour témoin de tous ses
bonheurs..... J'étais là , lorsque serrés l'un
contre l'autre dans ta voiture, vos regards s'appelaient et s'attiraient; j'étais là , lorsqu'au
milieu du lac, portés par la même barque, elle
penchait la tête sur ton épaule, et que tes joues
se baignaient dans ses cheveux noirs.... Mais,
pour mériter un tel supplice, que t'ai-je fait, monseigneur? de quoi suis-je coupable envers toi?
ô dis-le-moi, je t'en conjure, je t'en conjure, à
genoux... Coupable envers lui! non Manuel, n'est-

ce pas, tu ne me reproches rien, tu es content de
moi..... Tu m'aimes, tu m'aimes comme Phanor,
ton épagneul, comme Ritza, ton cheval arabe! et
d'ailleurs n'ai-je pas consenti à être aimée ainsi?...
Ne m'as-tu pas achetée, comme tu les as achetés?
et n'as-tu pas été bon maître?.... O oui pardon,
je suis injuste, je me plains et j'ai tous les torts.

Adieu, pour longtemps adieu, pour toujours
peut-être... Ah! si j'avais l'espoir qu'un jour...
Mais non.... Detta n'a jamais dû prétendre à
ton amour.

A quoi penseras-tu, lorsque cette lettre s'offrira
à ta vue? sans doute à cette femme, tu ne vis plus
que pour cette femme..... absente même tu ne la
quittes plus..... tu reviens d'auprès d'elle, ton
cœur est encore ému des douces paroles qu'elle
t'a dites.... elle a été bien tendre avec toi.....
Elle a passé ses bras autour de ton cou, elle
t'a baisé sur le front, sur tes yeux noirs, et
toi tu lui a rendu ses baisers... Vous étiez seuls
dans son boudoir... vous étiez assis sur le sopha
près de la fenêtre..... et la fenêtre était ouverte,
car l'air est embaumé ce soir, et tu aimes le parfum des bois et de la fleur des montagnes... et puis
tu as appuyé ta tête sur ses genoux; et elle t'a

regardé longtemps, comme une mère son enfant
qui s'endort..... Ah ! il me semble que le poignard
de ton esclave sort tout seul de sa gaine et qu'il
se dirige de lui-même vers ce cœur qui m'a fermé
le tien..... si j'étais sure mon seigneur , que
dans deux mois tu serais consolé, que dans deux
mois tu l'aurais oubliée,..... non cela ne doit pas
être ; pas même deux mois de larmes pour toi.....
sois heureux, mon seigneur , ah! sois heureux !
quoique je blasphème le ciel qui n'a pas permis
que tu le sois par Detta,

Adieu!.... adieu!.... Ah c'est un mot qui sort
tout sanglant de ma bouche , car il a passé sur
mon cœur et l'a déchiré.... il est donc vrai, ce
soir, demain, jamais... je ne serai plus là lorsque vous rentrerez.... Mais si vous retombiez
un jour dans l'abîme d'où cette femme vous a
tiré, ô rappelez-moi alors , votre esclave ac-
courra hors d'haleine baiser votre main qu'il
mouillera de ses larmes reconnaissantes.....

Je retourne à Rome ; j'irai habiter la chambre
où tu me disais le soir, lorsque nous rentrions
ensemble : laisse-moi puiser la vie dans ton
regard.

Ah ! que j'étais heureuse alors !

Cette nuit , avant que le sommeil ait fermé vos yeux , votre dernière pensée ne sera pas même pour Detta..... Ah ! quoique je veuille espérer , il y a une voix qui me dit : tu ne le reverras plus.—Cette voix là est sortie de l'enfer.

P. S. J'ai pris Ritza , vous me l'aviez donné.... vous allez perdre à la fois deux amis......mais il vous reste.... ô encore adieu, mon seigneur..... nous partons.

XXXII.

Cette lettre fut pour Manuel la cause d'un profond chagrin. Il pleura pendant plusieurs jours la
jeune fille d'Italie. Car, de quelque nature que soit
le lien qui nous attache à une femme, il ne se brise
pas sans douleur, lorsque, de tous les reproches
que nous pouvons faire à cette femme, le mieux
mérité est celui de nous avoir trop aimé..... Hélas! et l'amour, tout exclusif qu'il est, ne suffit

pas toujours aux immenses besoins de notre âme;
il y a souvent à côté de lui, une place dont le vide
se fait sentir, même au milieu de ses plus grands
bonheurs. Cette place, c'est d'ordinaire la famille
qui la prend, les enfans pour la femme, une mère
ou une sœur pour l'homme, pour Manuel —Detta!
Mais Madame de Varennes comprit si bien sa tristesse, elle la partagea avec tant de bonne foi,
elle recueillit ses larmes avec tant d'amour, que
cette tristesse d'abord vive et passionnée, s'affaissa
peu à peu, et ne laissa bientôt plus dans son souvenir que cette mélancolie douce et mesurée qui
lui survit. Leur liaison reprit son cours ordinaire.

Madame de Varennes avait changé de langage
peut-être de sentimens, et presque de physionomie à l'égard de Manuel depuis qu'elle s'était
donnée à lui. Elle avait plus d'abandon, plus de
franchise, plus de bienveillance : elle redevenait
par fois sa sœur et son amie, et rien que sa sœur
et son amie, ne consentant pas au rôle continu de
sa maîtresse. Elle ne renonçait pas à la coquetterie, mais cette coquetterie avait un autre objet
et une autre expression.

Les sens ne se donnent qu'une fois, mais

l'âme a des trésors qui se renouvellent tous les jours : et une femme de la portée de Madame de Varennes, devait, si elle en avait la volonté, apporter dans son intimité, un charme d'esprit et de conversation, capable de la protéger contre l'inconstance des passions, qui d'ordinaire s'é-puisent en raison directe de leur violence.

Cette liaison avait donc toutes les chances d'une longue durée : — cinq, six ou sept ans, — pour se terminer ensuite par l'une de ces trois manières: l'amitié, la haîne ou l'indifférence. Mais la con-clusion s'écarta des règles ordinaires. . . .

: . . . .

XXXIII.

Un soir que Madame de Varennes attendait Manuel, elle était tombée dans une de ces vagues douleurs qui emprisonnent l'âme, et la torturent sans qu'elle en connaisse le secret..... C'était un de ces jours où l'on se sent tout-à-coup saisi par l'appréhension d'un mal inconnu. On tremble, on s'effraie, on pleure, et lorsqu'on se demande compte de ces émotions, après avoir regardé autour de soi avec inquiétude, l'on se répond tristement : — je ne sais pas! l'air que vous respirez oppresse votre poitrine, et soit que vous marchiez, soit que vous restiez assis , rien ne peut vous distraire de cette agitation intérieure sans but et sans cause apparente.

Le sein de Madame de Varennes était gonflé de larmes, le poids de sa tête l'accablait..... appuyée sur le balcon de sa fenêtre, en vain elle demandait à la brise de la montagne la fraîcheur et le calme qu'elle en avait souvent obtenus ; en vain elle était venue relire les lettres que Manuel lui avait écrites,..... on eut dit qu'il se préparait quelque chose de fatal et que le ciel lui envoyait l'avis de se disposer à le subir..... Mais quoi! n'était-elle pas assurée de l'amour de Manuel? ne l'aimait-il pas comme elle avait désiré d'être aimée? qui pouvait la menacer? Ah! c'est qu'il existait pour tous deux un souvenir de sang! c'est qu'il y avait toujours un remords au fond de leur bonheur,... et puis, Madame de Belcourt et Detta se heurtaient devant ses yeux, l'une morte et l'autre mourante!...

L'heure s'avançait, Manuel n'arrivait pas......
Chaque coup du balancier de la pendule frappait

sur son cœur..... Elle allait sans cesse de la fenêtre à la porte et de la porte à la fenêtre..... elle écoutait, elle disait : le voilà ! et puis elle se désespérait, et s'écriait : il ne viendra pas !

Il entra.

— Ah !... je croyais que vous ne viendriez plus, lui dit-elle, avec un doux accent de reproche.

— Je ne suis pas en retard, répondit-il un peu froidement, et en lui présentant sa montre : il est dix heures moins une minute.

— O oui !... pardon ! je t'accusais avec injustice ; ton amour est aussi empressé que le mien.

Elle se pendit à son cou, et l'entraîna sur une causeuse, où elle s'assit à côté de lui.

Il était pâle et un peu agité : elle s'en aperçut, et lui demanda avec inquiétude ce qu'il avait.

Il la regarda fixement et lui dit : — N'as-tu reçu aucune nouvelle de France ?

— Non, aucune depuis quinze jours.

— M. de Varennes ne t'a pas écrit ?

— Non, mon ami! mais je ne comprends pas.....

— C'est qu'il arrive ici dans un mois, dit Manuel, d'un ton presque menaçant.

— Non, mon ami, on vous a trompé; je sais positivement le contraire.

— Vous devez donc être prévenue de son retour?

— J'en saurai le jour et l'heure.

— Ah! s'il en est ainsi! s'écria-t-il en se levant, s'il en est ainsi.....

— Eh bien?

— Amélie, j'ai une prière à vous faire, une prière que je vous ferai à genoux.

— Une prière, toi... Ah! parle, parle vite, répondit-elle en couvrant sa main de baisers.

— Il faudra que moi aussi je sois prévenu du jour et de l'heure de ce retour...

Il prononça ces paroles avec tant d'emportement, qu'elle en fut effrayée.

— Ah! vous m'avez fait peur, répondit-elle d'une voix affaiblie et en baissant les yeux.

— Voyons, dites-le-moi, puis-je y compter? demanda-t-il toujours sur le même ton.

— Je n'ai pas de motifs pour vous le cacher... mais la manière dont vous m'interrogez...

— C'est que cette pensée me rend fou et furieux, vois-tu? O il faut que je sache l'époque de ce retour, il le faut — songez-y bien.

Mais comme il vit que les larmes la gagnaient :

— Amélie, viens près de moi... Je t'ai parlé durement, n'est-ce pas? je t'ai fait mal... O pardonne-moi, reprit-il, si tu savais ce que j'ai souffert !

Il la prit sur ses genoux, et pendant qu'elle pleurait sur son épaule, il lui dit avec émotion :

— Si ton mari avait été là quand je suis devenu ton amant, s'il avait été encore ton maître tel que la loi du mariage l'a voulu, je t'aurais aimée comme lui appartenant, je t'aurais aimée autant que je t'aime, sans doute, car il faut bien subir une nécessité ; mais il n'était pas là, tu as été à moi seul, à moi sans partage, et ce partage n'est-il pas désormais impossible?

17

— Impossible ! reprit-elle timidement.

— Quand je devrais mourir pour l'empêcher !
O oui, voilà ce que tu ne pouvais prévoir, n'est-
ce pas ? voilà une exagération qui t'effraie.... Tu
ne t'attendais pas à être aimée jusque-là ?...

— Mais que veux-tu de moi ? demanda-t-elle
en sanglotant.

— Ce que je veux ! répondit-il... O tu me
maudiras peut-être... Amélie, je veux connaître
le retour de M. de Varennes, et, le prévenant
par la fuite, t'emmener avec moi dans un lieu
où il ne puisse nous atteindre.

— Oui, oui, partout où tu voudras que je te
suive. Allons chercher quelque désert où nous
ne vivions que pour nous, où mon amour soit ton
seul bonheur ! Que m'importe le reste du monde !
L'univers n'est-il pas tout entier dans un de tes
baisers ? lui dit-elle avec une expression d'inef-
fable volupté.

Mais tout-à-coup se levant, l'œil égaré :

— Manuel.... et mes enfans, tu n'y as point
songé ! s'écria-t-elle.

— Tes enfans !

— Ils ne m'appartiennent pas à moi seule.... On ne peut pas voler ses enfans à un père... c'est un crime que Dieu ne pardonnerait pas... et moi, ô ne me force pas à me séparer de mes enfans, je te regarderais comme un ennemi... S'il fallait mourir avec toi, je consentirais à mourir... mais vivre et ne plus voir mes enfans.... Tu ne comprends pas cela, toi, comment une mère aime ses enfans!

Manuel hésitait, son œil étincelait, il se pressait le front avec violence... On entendit frapper à la porte de la rue.

— Qui peut venir à cette heure? dit madame de Varennes en tressaillant au coup de marteau.

— M. de Varennes peut-être.... répondit Manuel.

— Si c'était..... non..... non..... cela est impossible.

Elle alla à la fenêtre qui était ouverte.

— Je connais cette voix, dit-elle en se retournant vers Manuel..... c'est Ludovic..... Manuel il faut nous séparer... vous allez sortir par cet escalier.....

Elle lui montrait une porte dérobée.

— C'est pour M. Ludovic que vous me chassez! répondit Manuel en restant immobile.

— Non monsieur, c'est pour moi, —répliqua-t-elle avec fierté.

— Amélie, ce Ludovic....

— Ah!... mais non, vous n'avez pas ce soupçon, n'est-il pas vrai?

— Et si je l'avais!

— Je vous laisse le maître de me croire ou de me perdre.

— Je te crois, dit-il en ouvrant la porte..... mais... viendras-tu?

— Eh bien!.... si tu commandes, j'obéirai, répondit-elle.

Il sortit.

— Ah! mes pressentiments ne m'avaient pas trompée? pensa-t-elle.

XXXIV.

En forçant Ludovic Guillemin à partir pour Paris, Madame de Varennes avait moins obéi au désir réel d'obtenir par lui les lettres de Manuel, qu'à cet instinct secret de la femme qui lui conseille d'éloigner un ami dont la tendresse trop exaltée va devenir embarrassante. Elle avait cru lire dans les yeux de ce Ludovic si dévoué l'expression d'un sentiment qui l'effrayait, et dont loin d'elle la raison devait sans doute triompher. Cette absence était donc presque tout entière dans l'intérêt de Ludovic.

Mais Ludovic avait quitté Madame de Varennes avec peine, murmurant peut-être pour la première fois contre une volonté à laquelle il avait jusqu'alors toujours obéi les yeux fermés. Sa mission lui semblait extravagante et surtout inutile. Cependant, puisque Madame de Varennes *l'exigeait*, il était bien décidé à la remplir jusqu'au bout.

On ne lui avait demandé que les lettres de Manuel....pas un mot des moyens qu'il emploierait pour s'en emparer : on avait abandonné l'entreprise à sa prudence, il ne devait aucun compte de l'exécution.

Quinze jours après le départ de Ludovic, Madame de Varennes l'avait déjà oublié. L'amour remplit si bien tous les momens de la vie! Elle ne l'avait pas prié de lui écrire, il n'écrivit pas. Quant à Madame de Varennes, qu'aurait-elle eu à lui dire? de cesser ses *poursuites?* mais c'était le rappeler et avouer qu'elle ne *craignait* plus Manuel. De les continuer? mais c'était insulter à un amour qui était devenu sa religion et sa foi. Elle garda le silence.

Ludovic eut bien quelque peine à se *lier* avec J. Bernard; mais comme c'était là le but de toutes ses pensées, et qu'une volonté persévérante doit toujours vaincre, cette liaison eut lieu. Malheureusement J. Bernard était d'une discrétion cadenassée. Ludovic ne put rien en apprendre qui eût directement rapport avec ce qu'il venait chercher.—Mais admis bientôt dans son intimité, il lui fut permis de rester quelquefois seul dans le cabinet de J. Bernard; et un jour que ce dernier était sorti pour quelques heures, il se livra à une investigation si patiente, qu'il trouva enfin les lettres de Manuel. —Il les vola, sortit, et, parti de Paris à franc étrier, il arriva tout d'un trait à Sarnen.

XXXV.

Madame de Varennes ouvrit à Ludovic.

— Déjà! lui dit–elle, en dissimulant mal le sentiment pénible qu'elle éprouvait à le revoir en ce moment.

— Est-ce un reproche, madame? lui demanda-t-il en la regardant avec tristesse.

— Non mon ami, reprit-elle, en s'efforçant de lui sourire.

Elle lui tendit la main qu'il baisa avec respect. Puis comme il restait silencieux et embarrassé devant elle, elle ajouta :

— Je ne vous attendais pas encore, mais soyez le bien venu. Asseyez-vous..... causons..... eh bien ! ce voyage ? avez vous vu M. Jules Bernard ?

— Oui madame.

— Vous lui avez parlé ?

— Souvent.

— Vous avez été admis dans son intimité ?

— Après une bien longue attente.

— Vous avez obtenu sa confiance.

— En vous calomniant.

— C'était le moyen le plus sur.... et vous savez maintenant...?

Il se leva, écouta un instant, puis se pencha à l'oreille de Madame de Varennes, et lui dit avec mystère : — Je sais tout !

— Comme vous me dites cela, Ludovic !

— Comme vous me le demandez, madame!

Après quelques instans de silence, elle lui dit avec hésitation :

— Eh bien! quelle nouvelle?

— Voyez vous même, répondit-il, en lui présentant plusieurs lettres.

— Ah! ces lettres sont.....

— Celles de M. Manuel, madame.

— On vous les a données.

— Je les ai prises, madame.

— Et..... et..... vous avez lu....

— Oui, madame.

— Et..... et..... vous.....

Elle n'osait les regarder, et semblait prête à les rendre à Ludovic.

— Lisez, lisez madame, il faut que vous lisiez vous même; vous ne pouvez en croire que vos yeux.

Elle s'approcha de la lampe, et commença une de ces lettres..... Mais bientôt le papier lui échappa des mains, et elle murmura d'une voix étouffée:

— Ah! c'est Manuel qui a écrit cela!..... Mais je m'abuse... Tu me trompes, Ludovic! Ce n'est pas Manuel.....

Puis se tordant les bras, elle s'écria: — Ah! c'est affreux, n'est-ce pas Ludovic?

Ludovic à qui son désespoir révélait un secret qu'il n'aurait sans doute jamais connu autrement, comprenait bien qu'il n'était pas en son pouvoir de consoler Madame de Varennes, mais il restait là, près d'elle pour s'opposer à une explosion trop grande de sa douleur.

Tout-à-coup elle s'avança vers lui avec une expression singulière de prière et de menace:

— Non ce n'est pas Manuel, Ludovic, ce n'est pas lui!

Elle l'entraîna près de la table.

— Tiens voilà une lettre de Manuel! ô celle-là est bien de lui.... Mais les autres..... Sors, Ludovic, sors..... Va-t-en, emporte ces lettres maudites..... je veux être seule, entends-tu? laisse-moi seule.

Mais Ludovic ne lui obéit point, il resta.

—- O oui Manuel m'aime, se dit-elle, c'est bien de l'amour, une femme ne s'y trompe point.. Pauvre Manuel,..... il a été si malheureux !..... Mais ces lettres..... Mais Ludovic, un ami dévoué..... incapable de trahison... Ah c'est Manuel qui m'a trahie .... Ce retour de Monsieur de Varennes sur lequel il a tant insisté..... Et moi qui croyais,..... oui c'est bien cela..... C'est pour être prévenu à temps, pour me livrer sans défense,..... ô voilà une douleur à laquelle je n'avais jamais songé !...

Elle alla au-devant de Ludovic et lui prenant la main :

— Ludovic, pardonne-moi, pardonne-moi !

— C'est vous qui m'avez ordonné de vous quitter, Madame ! si j'étais resté.....

— Tu n'aurais rien empêché, car même maintenant je ne puis le haïr..... Oh ! si je te disais !... Ludovic, voyons ces lettres !.....

Après les avoir comparées avec celles qu'elle avait reçues :

— C'est bien de la même main,... de celle que j'ai pressée avec tant d'amour dans ma main..... Il était pourtant là quand tu es entré Ludovic ! si tu l'avais vu, si tu l'avais entendu me parler..... O ! mais comme moi tu dirais que ces lettres,.... Mais non..... cela n'est pas .... Il est impossible qu'un homme nous en impose à ce point. Manuel m'aime, Ludovic, je te jure que Manuel m'aime !

— Mais vous ne pouvez donc pas croire qu'il ait voulu venger Madame de Belcourt, que votre lettre....

— Que ma lettre avait tuée !... ah ! c'est vrai cela, Ludovic.... Le sang demande du sang..... Que n'ai-je été punie de la même peine.....

Elle garda quelques instans un silence morne et désespéré, mais tout-à-coup elle s'écria :

— Que faut-il faire ? voyons, parle-moi en ami, Ludovic, que faut-il faire ?

— Si demain vous quittiez ce pays ?.....

— Mais je le quitterai aussi lui... Et je l'aime.. Ne vois-tu donc pas que je l'aime..... Que je ne puis renoncer à lui..... Un autre moyen, Ludovic !

— O madame, que puis-je vous répondre ? dit Ludovic en baissant la tête.

— Rien ! rien ! répéta-t-elle d'une voix étouffée.

Elle tremblait, elle pleurait, elle suffoquait ; tout à coup elle se leva de la causeuse où elle était tombée, et les yeux secs, le front presque calme, elle écrivit d'une main ferme ce billet à Manuel :

« Manuel, veux-tu que nous partions demain?
» Je suis maintenant toute décidée et toute prête.
» Voyons, le veux-tu? réponds-moi vite. »

— Que cette lettre soit remise à l'instant, dit-elle à Ludovic d'un ton bref.

— A M. Manuel, répondit Ludovic en lisant la suscription.

— Oui, c'est pour lui, c'est la seule chance de salut qui me reste.

— Madame....

— Ne me réponds pas. Il faut que cette lettre parte... je le veux.

— Dieu veuille qu'elle ne tourne pas contre vous, Madame.

XXXVI.

Manuel répondit à madame de Varennes :

« Demain , non, mon amie. J'ai besoin de
» quinze jours pour mes affaires. Il est impossi-
» ble que M. de Varennes soit de retour avant
» cette époque , et c'est lui seul que nous
» fuyons. »

En lisant cette réponse , madame de Varennes

18

se sentit frappée à mort. Ce refus de Manuel fut
pour elle une preuve accablante contre lui ; il
ne lui fut plus permis de douter ; elle lui écrivit :

« Eh bien ! j'attendrai... Mais il faut demain
» que je vous voie seul. Venez au monastère le
» matin à huit heures, j'y serai. Nous déjeune-
» rons ensemble dans le pavillon au milieu du
» lac. »

Ludovic fut encore chargé de faire parvenir
ce billet.

Puis appelant à son secours tout ce qu'elle
avait de courage, elle fit rentrer le désespoir au
fond de son cœur, et l'y enferma sans permettre
qu'aucun symptôme s'en échappât au dehors. Un
feu dévorant brûla ses paupières, mais elle y re-
tint ses larmes captives, et avec une admirable
fermeté, elle écrivit elle-même son testament et
ces adieux à M. de Varennes :

« Monsieur,

» Lorsque cette lettre vous parviendra, la
» mort aura glacé la main qui vous l'a écrite.
» Ce matin je vais embrasser vos enfans pour
» la dernière fois ; avant la fin de cette journée,

» je n'existerai plus que dans le souvenir de ceux
» qui m'ont connue. »

» Je vous remercie , Monsieur, des égards
» que vous m'avez toujours témoignés; je vous
» remercie de votre conduite honorable; vous
» méritiez une femme fidèle, et la vôtre ne l'est
» plus. Mais si je suis coupable aujourd'hui
» d'après les lois que la société a faites, j'ai
» vécu dix ans sage et honnête: et je le serais
» encore aujourd'hui, si je n'avais rencontré un
» homme que j'ai assez aimé pour mourir avec
» lui le jour où j'ai douté de son amour.

» Je suis assez loin de Paris et de toutes nos
» connaissances, pour que la cause de ma mort
» puisse y rester ignorée; je vous prie, Monsieur,
» pour votre considération personnelle et pour
» celle de vos filles , d'en garder le secret. Et
» vous-même, Monsieur, je vous le demande
» comme une grâce, ne cherchez pas trop à l'ap-
» profondir.

» Vous trouverez peut-être cette lettre bien
» courte; mais quelqu'effort que je fasse, je sens,
» à chaque mot que j'écris, la plume prête à tom-
» ber de ma main. Je ne puis continuer.

» Si les devoirs sérieux que vous avez tou-
» jours eu à remplir, ne vous avaient empêché
» de connaître les passions, vous comprendriez
» ce qu'il a dû m'en coûter pour vous adresser ces
» adieux.

» Amélie de VARENNES.

» P. S. Je vous ai apporté en dot trente mille
» livres de rente, je vous en laisse la moitié en
» usufruit, l'autre moitié sera la dot de vos
» filles. »

Après avoir cacheté cette lettre — expression
exacte de ses rapports avec son mari — Madame
de Varennes descendit à la chambre de ses filles.
Une lampe de nuit y brûlait à moitié voilée et
jetait quelques faibles rayons sur le lit où elles
reposaient. Elle contempla avec un triste recueillement ces jeunes figures si pures, si tranquilles,
où aucun remords, aucune mauvaise pensée n'a-
vaient encore imprimé leur sillon. Elles dor-
maient dans les bras l'une de l'autre, respirant à
peine, et comme souriant dans leur sommeil.
Madame de Varennes s'approcha de leur bouche,
et elle n'osa la baiser, car le moment du départ

n'était point encore arrivé, et elle ne se sentait
point assez forte pour paraître deux fois devant
elles. Elle resta là une heure à les regarder, une
heure sans pleurer, sans se plaindre, et puis elle
rentra chez elle et vint s'asseoir à la fenêtre où
elle s'était encore assise la veille à côté de Manuel à qui elle avait dit : — O *il y a tant d'a-
mour dans tes regards, que toi-même je refuse-
rais de te croire, si tu me disais : Je ne t'aime
pas.*

Et là, la tête appuyée sur le balcon en fer,
elle attendit que le jour se levât

XXXVII.

Déjà depuis quelques instans le crépuscule commençait, le ciel blanchissait sur les étoiles plus pâles, on entendait dans l'atmosphère comme un bruissement imperceptible sur les limites des ténèbres et de la lumière. L'air, devenu plus vif et plus frais, tremblait dans le feuillage et sur la tige des fleurs... Le soleil parut.

Madame de Varennes quitta la fenêtre. Ses
filles étaient réveillés ; elle les entendit qui babil-
laient, qui jouaient avec la bonne, et qui disaient:
Nous voulons aller dans la chambre de maman.

Elle descendit. Les deux enfans vinrent l'embrasser : et puis, comme elles la virent toute
habillée, toute prête à sortir, elles lui dirent :

— Où vas-tu.

— Où je vais! s'écria Madame de Varennes
avec un affreux sourire, je..... mais elle ne put
achever de répondre à cette simple question, et
après les avoir brusquement pressées sur son
cœur, elle les quitta tout-à-coup.

Elle sortit: elle prit la route du monastère !
elle marchait si vite, que des métayers qui
allaient à la ville, détournèrent la tête à plusieurs
reprises, et dirent en la voyant courir avec cette
rapidité : — voilà une femme qui est folle.

Au bord du lac elle s'arrêta, et regarda autour
d'elle ces montagnes, ces bois, ces prairies,
doucement éclairés par le soleil si pur du matin.
Un instant il lui sembla qu'elle voyait pour la
première fois ces lieux souvent parcourus avec
Manuel ; le passé lui échappa comme un rêve,

dont les détails sont affacés, dont on ne peut comprendre qu'un ensemble d'horreur. Un instant Manuel, son amour, ses enfans, tout disparut... Elle se trouva au milieu d'un monde nouvellement enfanté, elle s'enivra avec délice, et comme d'un bien inconnu, des parfums de la campagne; elle découvrit sa tête, et laissa son front et ses cheveux s'imprègner de la fraîcheur de l'atmosphère; elle porta vers le ciel un regard plein d'espoir, sa bouche s'ouvrit pour murmurer une parole de reconnaissance,.... il était trop tard, le voile funèbre de la réalité était déjà retombé sur son cœur.

Il le faut! dit-elle, en détachant une des barques.

Elle dirigea cette barque avec beaucoup de courage et une grande vitesse, vers le pavillon, et l'y attacha avec un soin minutieux, comme si elle en avait eu besoin pour le retour. — Puis elle ouvrit la porte sans hésiter, et ne voulant accepter aucune des sensations qui lui arrivaient en foule dans ce lieu où elle en avait tant éprouvé, elle prépara le déjeuner, elle plaça la table, elle approcha les sièges, et d'une main qui ne tremblait pas, elle versa le vin de Chypre dans un flacon de cristal..... Mais lorsque tous ces apprêts furent terminés, comme il n'était guère que sept heures, elle s'effraya des instans qui lui restaient à passer seule, jusqu'à l'arrivée de Manuel.

O que n'était-elle morte avant le retour de Ludovic!

Et pourtant! si ces lettres, Manuel ne les avait pas écrites! ô mon Dieu, qu'elle puisse le croire, seulement une heure, une heure passée auprès de lui, et que cette heure soit tout sa vie!

Elle parcourut lentement l'étroite dimension du pavillon, examinant l'un après l'autre tous les ornemens, tous les dessins que Manuel y avait faits, les vers qu'il y avait gravés.

— Voilà donc cette chambre au milieu du lac, où nous sommes venus tant de fois tous les deux portés par la même barque..... Ah! j'y suis arrivée la première aujourd'hui.

Sur cette table, ajouta-t-elle, en laissant passer à peine sa voix éteinte entre ses lèvres serrées, sur cette table où nos genoux se touchai.ut autrefois, où nos genoux vont se toucher encore, la mort est là qui nous attend, la mort!... sentence contre laquelle on ne revient pas!

Elle prit le flacon où elle avait mêlé le poison au vin de Chypre, et après l'avoir contemplé avec des regards presque frénétiques, elle le replaça avec précaution sur la table, comme si elle avait craint de le briser. Puis elle alla voir à la pendule, si huit heures étaient près de sonner, et comme il s'en fallait à peine de quelques minutes, et que rien encore n'annonçait l'arrivée de Manuel, elle se demanda ce qu'elle ferait s'il ne venait pas, et elle eut peur!...

Peut-être avait-elle trahi sa pensée en lui écrivant, peut-être avait-il deviné à quelle fête il était convié? Et il y avait des momens où elle était assez lâche pour le désirer. Mais ce sentiment de pitié s'effaçait promptement, et se félicitant du lieu qu'elle avait choisi :

— Ici, disait-elle, personne ne peut nous entendre, au milieu de ce lac nous sommes séparés du reste du monde, Dieu sera seul témoin de notre dernier rendez-vous !

Et songeant alors à la mort de Madame de

Belcourt : ô Dieu est juste, s'écriait-elle c'est ma main qui avait conduit le bras de M. de Belcourt..... Il fallait bien qu'un amour né d'un crime, finit aussi par un crime.....

La pendule sonna huit heures. Le timbre en retentissant sous le marteau, la fit tressaillir huit fois ; car c'était le signal de leurs funérailles. Elle ouvrit la fenêtre, et aperçut Manuel qui avait détaché la seconde barque, et qui déjà se penchait sur les rames. En le voyant s'avancer vers le pavillon, elle sentit son sang se glacer, et son courage défaillir.

— O il n'y a donc rien qui l'avertisse..... Si elle lui criait de s'éloigner..... Il approche, il l'a vue, il l'a saluée..... Son regard s'arrête maintenant sur elle..... Ah ! s'il pouvait lire dans ses yeux..... Manuel ! Manuel arrête !

Mais il ne l'entendit pas, et il aborda.

XXXVIII.

En vain Madame de Varennes avait cherché à se remettre de son trouble, Manuel la vit si pâle et si agitée, qu'il lui en demanda la cause avec inquiétude.

— Cela n'est rien, répondit-elle.

— Mais ta voix est tremblante, reprit Manuel..... Je devine, c'est la pensée de ce départ,

j'ai peut-être trop exigé de ton amour, ajouta-t-il
en la serrant dans ses bras.

— Oh! dit-elle.

— Eh bien! veux-tu que nous ne partions pas?
nous ne partirons pas.

— C'est moi qui vous ai proposé de partir demain, dit-elle d'un ton ferme.

— Demain! Mais c'est de votre part une résolution désespérée..... je veux auparavant que
vous ayez réfléchi, que vous ayez bien compris..

— J'ai tout compris, Manuel. Je suis prête....
Et vous? demanda-t-elle.

— Attendons quinze jours, répondit Manuel
avec un peu d'hésitation.

— Quinze jours.

— Vois-tu, Amélie, j'ai besoin de ces quinze
jours pour régler des affaires importantes avec
mon banquier..... Tu dois comprendre cela.....
je veux emporter ma fortune avec moi, et d'ailleurs, un ami dévoué, à qui je dois la vie, plus
que la vie, ton amour! vient ici pendant les
quinze jours que je réclame, et je veux le voir,
je veux le remercier du bien qu'il m'a donné.

— Il veut le rendre témoin de sa vengeance ! tout est préparé contre moi,..... pensa Madame de Varennes. — Oui, je suis injuste, dit-elle, en adoucissant sa voix, j'ai tort, mon ami, tu m'aimes, n'est-ce pas?

— Je n'ai plus que toi à aimer ! répondit-il, en lui donnant un baiser dont elle se défendit peut-être à son insu. — Mais tes lèvres sont froides, ajouta Manuel étonné..... Il s'est passé depuis hier, quelque chose d'étrange..... Ce retour de Ludovic.....

— Oh! oh!.....

— Que t'a-t-il appris? que t'a-t-il dit?..... parle moi.....

— Il m'a dit..... O tu ne me croirais pas, comme à moi il t'en faudrait les preuves sous les yeux, mais.....

— Quel est ce mystère, dit Manuel avec anxiété...

— Tu le sauras... Tu le sauras aujourd'hui... dans quelques instans.

Elle lui prit la main, le conduisit près de la

table où le déjeuner était servi, et dit avec une
apparente légèreté :

— Allons, mon ami, commençons ensemble
ce repas qui précède toujours nos promenades
dans le bois... Le vin de Chypre nous donnera le
courage à moi de parler, à toi de m'entendre.

Manuel sourit : — Eh bien, oui !... et plus
de ces frayeurs d'enfant... Moi aussi j'ai à lui
parler, à lui dire quelle haine a commencé cet
amour, pensa-t-il.

Sans qu'il la vit, Madame de Varennes avait
été retirer la clef de la porte, qu'elle avait fermée,
et l'avait jetée dans le lac par la fenêtre, qui
était restée ouverte.

— Nous voilà enfermés dans notre tombeau,
dit-elle à demi-voix et arrêtée près de la fenêtre.

— Amélie, que fais-tu donc? lui demanda
Manuel en levant avec douceur ses yeux sur
elle.

— Je regardais ce ciel d'azur, et je me disais
qu'il n'avait jamais été plus beau.... que jamais
ce soleil, ces bois, cette eau n'avaient eu dans

leurs rapports une harmonie plus suave... Tu n'as pas remarqué cela, toi !

— Quand je suis attendu par toi, il y a une pensée qui absorbe toutes les autres, répondit-il.

Madame de Varennes s'approcha de la table, et s'assit en face de Manuel. Après quelques minutes de silence, consacrées aux premiers momens du déjeuner, comme Manuel portait le vin de Chypre à ses lèvres, elle lui arrêta le bras :

— Il est donc impossible que nous partions avant quinze jours ? lui dit-elle.

— Impossible, Amélie.

— Allons, je te crois, répondit-elle...

Et elle laissa aller son bras.   .   .   .   .   .   .

.   .   .   .

— Combien y a-t-il de temps que nous sommes venus ici pour la première fois ? lui demanda-t-elle

— Dix mois et quelques jours, répondit Manuel en se penchant vers elle.

— Déjà dix mois !... et depuis combien de temps étions-nous amans alors ?

19

— Six semaines..... O je me le rappelle bien.

— En tout une année, n'est-ce pas? Une année de bonheur, une année comme je voudrais que Dieu m'accordât toute mon éternité.

— Mon amour t'a donc rendue heureuse?

— Ton amour c'était toute ma vie, répondit-elle.

— Chère âme.

— Crois-tu , reprit Madame de Varennes, crois-tu qu'il y ait beaucoup de femmes qui, venant à mourir au bout de longues années, puissent se dire : J'ai passé sur la terre une année de bonheur !

— Mais où veux-tu en venir? dit Manuel surpris; cette voix.... ces regards.... Mais à ton tour tu m'effraies.

— Je parle pourtant avec modération et sans emportement, moi.... une année de bonheur! Je n'en méritais pas tant.... Le terme est arrivé !

— Le terme, dis-tu?

Madame de Varennes, avec un accent étouffé :
— Le terme de toutes choses : la mort!

— La mort! s'écria Manuel en se levant et en tirant à lui Madame de Varennes.... Mais oui.... te voilà pâle, chancelante.....

— Manuel, nous avons fait ici tous deux notre dernier repas..... Ah! j'ai devancé ta vengeance.... Elle n'a pas marché assez vite...

— Ma vengeance..... Ah! c'est vrai,.... je devais venger.....

— Les reconnais-tu? s'écria-t-elle en lui présentant ses lettres.....

— Les lettres que j'ai écrites à Jules Bernard.

— Ah! elles sont donc bien de toi!

— Amélie! quel démon te les a données?..... Oui, ces lettres sont de moi..... Oui, j'ai pensé.. j'ai voulu tout ce qui est écrit dans ces lettres.... J'ai voulu ton infamie..... J'ai voulu te sacrifier à la mémoire de Louise... de Louise ton amie, tuée par moi parce que tu l'avais dénoncée..... Mais l'amour a été plus fort que ma volonté et que mon honneur peut-être..... je me suis persuadé que tu n'étais pas coupable, et je t'ai aimée!

— Ah! Tu mens encore, dit-elle avec un geste d'incrédulité.

— Lis cette lettre que j'écrivais aujourd'hui à Jules.

Madame de Varennes lut tout haut :

« Il y a dix mois que tu n'as entendu parler
» de moi, c'est que depuis dix mois, mon cœur
» et ma tête se sont déplacés....., Je ne me re-
» connais plus ; je suis maintenant pour le reste de
» ma vie attaché à Madame de Varennes.....
» Brûle mes premières lettres, comme je devrais
» brûler la main qui les a écrites. »

Ah ! je l'avais bien dit à Ludovic que tu m'ai-
mais ! nous serons heureux encore ! dit Madame
de Varennes en se jettant dans les bras de Manuel.

Mais s'éloignant tout-à-coup..... Ah ! malheu-
reuse qu'ai-je fait ? s'écria-t-elle.

Et elle tomba évanouie. Manuel la crut morte,
il se jeta à genoux auprès d'elle, et soulevant sur
ses bras sa tête pâle et déjà réfroidie.....

— O il faut donc encore que je lui survive,
dit-il ? Amélie, réponds-moi, une fois, une seule
fois ! ouvre les yeux, regarde-moi ; mais tu m'en-
tends encore, n'est-ce pas ? mon Dieu ! vous avez
trop bien exaucé ma prière, vous m'avez vengé

malgré moi! je ne puis attendre que ce poison m'ait tué, c'est rester trop long-temps séparés. — Je vais te rejoindre Amélie!

Il leva le stylet italien qu'il portait toujours avec lui, et il était prêt à s'en frapper, lorsque la main de Madame de Varennes tressaillit dans sa main.

— Amélie tu souffres! lui dit-il presque avec joie, en la plaçant sur un divan.

— Ah! oui je souffre.,... beaucoup... C'est horrible..... je sens ma poitrine dévorée.....

— Mais si on pouvait avoir du secours reprit Manuel.

Il se traîna à la porte.

— Cette porte est fermée, dit-il, où en est la clef?

Madame de Varennnes lui montrant le lac.

— Là! répondit-elle, je l'y ai jetée!

Manuel revenant auprès d'elle: — plus d'espoir,... plus de salut possible! Et avec un accent qui la fit pleurer, il ajouta: — Amélie, je ne t'en veux pas!

Ils se tenaient embrassés, leurs lèvres se cherchaient encore.

— De l'eau, Manuel, donne-moi de l'eau! murmura Madame de Varennes, d'une voix suppliante.

Comme Manuel se levait, elle l'arrêta : —Non, non reviens, le poison l'a corrompue!

Repoussant ses cheveux qui étaient tombés sur son front :

— Le feu brûle ma tête, dit-elle.

— O mon Dieu! que puis-je faire pour toi?, répondit Manuel avec désespoir.

— Manuel, c'est moi qui te tue!

— Au moins nous mourrons ensemble, répondit-il, en portant à sa bouche la main déjà glacée de Madame de Varennes.

— Oui..... oui..... reprit-elle, ah! reste là sur mon cœur....

Et puis après un instant de silence :

— Manuel, si nous allions à cette fenêtre..... viens..... nous verrons l'eau..... les arbres..... le ciel....

Manuel la traîna auprès de la fenêtre, et ils y respirèrent avec avidité le vent du bois que les eaux du lac leur apportaient frais et humide. C'était une belle matinée de printemps, un jour pur et doux, un soleil qui semblait dormir sur la vapeur bleue des montagnes. La vallée était sonore et presque joyeuse; sur le lac, les joncs marins se balançaient avec un mystérieux murmure; la cime des arbres s'égayait du chant heureux des oiseaux. Tout respirait devant eux un air de fête et de bonheur.

Manuel et Madame de Varennes levèrent des mains suppliantes vers cette nature si belle et si jeune qui leur échappait, qu'ils voyaient pour la dernière fois, et qui souriait à leur agonie.

Ils étaient à genoux: la tête de Madame de Varennes était appuyée sur l'épaule de Manuel qui se soutenait contre la paroi de la fenêtre. Un peu de calme avait succédé à leurs convulsions; ils étaient plus faibles, plus anéantis, ils souffraient moins. Mais bientôt la douleur revint atroce et déchirante; Madame de Varennes serra d'un effort violent Manuel dans ses bras roidis.

— O si tu pouvais nous jeter tous deux dans

cette eau fraîche, s'écria-t-elle, nous serions mieux!....

— Non..... non..... murmura Manuel, après un effort impuissant.

Et il tomba mort à côté de Madame de Varennes qui venait d'expirer.

FIN.

LIBRAIRIE DE WERDET.

LE PÈRE GORIOT,

Par M. de Balzac.

3e édition, 2 vol. in-8°.—Prix : 15 fr.

LA LAMPE DE FER,

Par M. Michel Masson,

2 beaux vol. in-8° — Prix : 15 fr.

Ces deux volumes font suite aux Contes de Daniel le Lapidaire, du même auteur.

LA MAISON DE L'ANGE,

ou

LE MAL DU SIÈCLE,

Par M. Félix Davin.

2 beaux vol. in-8°.—Prix : 15 fr.

Soirées
DE S. M. LOUIS XVIII,

Recueillies et mises en ordre par M. le duc de ****

2 vol. in-8°.—Prix : 15 fr.

N. B.—Ces deux volumes font suite et complètent les *Mémoires de Louis XVIII*.

www.ingramcontent.com/pod-product-compliance
Lightning Source LLC
Chambersburg PA
CBHW050202030726
47505CB00005B/1489